Royal Christmas
Ein Prinz zu Weihnachten

ROYAL CHRISTMAS
Ein Prinz zu Weihnachten

Ein Pink Powderpuff Books-Roman

DANIELA FELBERMAYR

FSC
www.fsc.org

MIX
Papier aus verantwortungsvollen Quellen
Paper from responsible sources
FSC® C105338

EINS

„Und, was habt ihr so über die Feiertage vor?" Maddie
Spelling nippte an ihrem Eggnogg und sah in die Runde.
„Troy und ich fliegen übermorgen auf die Bahamas", meldete
Carlie Jennings sich zu Wort.
„Die Bahamas? Schmückt ihr dann eine Palme?" Maddie, die
ein absoluter Weihnachtsjunkie war und bereits im Juni damit
begann, die Tage bis Heiligabend zu zählen, konnte sich die
Feiertage in einem tropischen Klima überhaupt nicht vorstellen.
„Ich weiß auch noch nicht, wie es wird", gab Carlie überfragt
zu, „aber wir haben uns ewig vorgenommen, auf die Bahamas
zu fliegen, und jetzt über die Feiertage bietet es sich eben an."
„Adam und ich verbringen ein ganz traditionelles Weihnachtsfest in Vermont mit unseren Familien", sagte Ginger Holden.
Sie hatte den industriellen Adam Holden erst vor Kurzem geheiratet und war immer noch verliebt wie am ersten Tag. „Aber
vermutlich könnte man mich und Adam auch in eine Höhle
irgendwo in den Apalachen stecken, solange wir zusammen
sind …" Ein sanftmütiges Lächeln breitete sich auf ihren Lippen aus.
   „Mark und ich besuchen Emma und Josh in Stonehill
Creek über die Feiertage. Ich bin schon gespannt auf ein echtes
Cowboy-Weihnachtsfest", sagte Maddie.
„Was machst du an Weihnachten, Eden?", fragte Ginger. Eden,
die darüber nachgedacht hatte, dass es in diesem Jahr wohl ein

ziemlich seltsames Weihnachtsfest werden würde, nahm einen Schluck ihres Eggnoggs und blickte in drei neugierige Augenpaare ihrer Freundinnen.

„Ich bleibe hier in New York. Die Feiertage über werde ich wohl mit meiner Familie in Boston verbringen, aber eigentlich hatte ich geplant, ein richtiges ‚New York Christmas' zu feiern. Mit allem Drum und Dran. Mit einem Weihnachtsfilm-Marathon, genügend Eggnogg und ungesundem Essen. Ich werde so ziemlich jeden Weihnachtsmann in Manhattan abklappern und ihm ein paar Dollar in den Topf werfen. Ist ja immerhin mein erstes Jahr hier." Dass es auch ihr erstes Weihnachten war, das sie als Single feierte, ließ sie unerwähnt.

Eden Jones war vor acht Monaten, im April, nach New York gekommen, um hier mit ihrem Verlobten Trey zu leben. Sie und Trey waren schon auf der Highschool in Boston ein Paar gewesen, und Eden war von Anfang an klar gewesen, dass Trey der Mann für sie war. Selbst als er einen Job in Manhattan angenommen hatte, hatte sie keine Zweifel gehabt. Und auch als er begonnen hatte, die Wochenenden mehr und mehr in New York zu verbringen, anstatt zu ihr nach Boston zu fahren oder sie zu sich einzuladen. Die ganze Zeit über, als Eden ihren Umzug von Boston nach New York geplant, ihre Wohnung verkauft und ihren Job aufgegeben hatte, hatte Trey gute Miene zum bösen Spiel gemacht und keinen Mucks gesagt. Weil er gehofft hatte, dass sie irgendwie von selbst dahinterkommen würde, dass ein Zusammenziehen doch keine so gute Idee war, hatte er im Nachhinein gemeint. Und so war Eden fast mittellos und ohne Job im April in Treys Appartement in Brooklyn eingezogen. Sie wollte noch einmal von vorn anfangen mit ihrem Verlobten an ihrer Seite leben und sich auf das nächste große Ereignis, das ihnen bevorstand, konzentrieren: die Hochzeit. Als Eden kaum einen Monat in New York gelebt hatte und über ein Wochenende zurück nach Boston gefahren war, um ihre letzten Habseligkeiten aus der Garage ihrer Eltern abzuholen, kippte die Stimmung jedoch. Eigentlich hatte sie geplant, erst Montagmittag zurück nach Manhattan zu fahren, zum einen, um einen weiteren Tag mit ihrer Familie verbringen zu können, und zum anderen, um dem sonntäglichen Stoßverkehr

Richtung New York zu entgehen, der vor Montagmittag nicht aufhörte. Dummerweise hatte Conrad Jones sich eine Erkältung eingefangen, mit der er auch seine Frau – Edens Mutter – angesteckt hatte. So waren Edens Eltern von einer Erkältung niedergestreckt worden, sodass sie selbst beschloss, einen Tag früher zurück nach Manhattan zu fahren, um sich nicht auch noch anzustecken. Sie hatte für die kommende Woche zahlreiche Bewerbungsgespräche vereinbart, weswegen sie vermeiden wollte, bei ihren potenziellen neuen Arbeitgebern mit Triefnase und Halskratzen aufzukreuzen. Also war sie kurz nach dem Mittagessen und nachdem sie sich vergewissert hatte, dass ihre Eltern mit Hustensaft und Hühnersuppe versorgt waren, auf den Rückweg nach Manhattan aufgebrochen. Sie hatte einen Zwischenstopp in Daisys Bäckerei eingelegt und für Trey einen Vanillekuchen gekauft, den er heiß und innig liebte. Dann war sie zurück in ihr Appartement gekehrt und hatte Trey dabei erwischt, wie er mit einer Rothaarigen zugange war, die zwei Stockwerke über ihnen wohnte – in genau dem Bett, das Eden vor einer Woche mit ihren letzten Ersparnissen gekauft hatte, um zumindest etwas zu ihrem gemeinsamen Appartement beizutragen.

Dass dieses Weihnachtsfest anders werden würde als all jene zuvor, war Eden klar. Es würde seltsam sein, das Fest ohne Trey zu verbringen, der seine Rothaarige mittlerweile geschwängert hatte. Eden seufzte. Eigentlich war sie mit der Trennung ziemlich gut zurechtgekommen, doch gerade jetzt, in der Weihnachtszeit, schien es fast so, als würden die alten Wunden wieder aufbrechen.

„Los, kommt, lasst uns zum Weihnachtsbaum gehen und unsere Wichtelgeschenke auspacken", schlug Ginger vor. In der Redaktion war es üblich, dass die Redakteure sich untereinander kleinere Geschenke machten, die dann direkt unter dem Baum ausgetauscht wurden. „Ich bin schon gespannt, wer mein heimlicher Weihnachtsmann ist." Eden reihte sich hinter Carlie, Ginger und Maddie ein, als jemand ihr auf die Schulter tippte.

„Jones? Hast du mal eine Minute?"

Eden drehte sich um. Dean Maddox, der Chefredakteur, stand mit seiner massigen Gestalt vor ihr.

„Dean? Kann ich etwas für dich tun?"

„Kannst du in der Tat, lass uns in mein Büro gehen."

Eden sah ihren Freundinnen nach, die fast beim Weihnachtsbaum angelangt waren und die ersten Päckchen austauschten. Dann schlüpfte sie in das Büro ihres Chefredakteurs.

„Was gibt's?"

„Hör mal, Jones, mir ist das wirklich sehr unangenehm, aber … ich habe einen Auftrag für dich." Dean sah Eden aus seinen kleinen Augen an und drehte seinen Schlips zu einem Strick.

„Einen … Auftrag?", wiederholte Eden. Sie wusste nicht, was Dean nur eine Woche vor Weihnachten noch für einen „Auftrag" haben konnte. Die Januarausgabe der Glamerica war fertig gedruckt und für die Februarausgabe hatte sie alle Artikel bereits abgegeben. Im Augenblick arbeitete sie gemeinsam mit Ginger an einem Ranking über die besten Frühlingsausflüge und an einem Muttertagsspecial, das in der Mai-Ausgabe erscheinen sollte.

„Ja. Wir haben gerade eben den heißen Tipp bekommen, dass demnächst wieder eine royale Hochzeit ins Haus steht."

„Eine … royale Hochzeit?" Eden sah Dean verständnislos an.

„Ich denke, der kleine Prinz George kann sich noch ein Weilchen Zeit lassen, bevor er vor den Altar tritt. Und Prinz Harry hat diese Meghan doch erst im Frühling geheiratet." Sie war selbst darüber erstaunt, wie gut sie über das britische Königshaus informiert war. Für gewöhnlich konnte sie mit den Royals – egal mit welchen – überhaupt nichts anfangen.

„Ich meine auch nicht diese Royals. Ich meine den Herzog und die Herzogin von Preston. Die sind fast so bekannt wie die Windsors, nur noch volksnäher. Dummerweise halten sie mit Informationen über sich selbst eher hinter dem Berg. Aber jetzt ist durchgesickert, dass einer ihrer beiden Söhne demnächst seine Verlobung bekannt geben soll."

„Der Herzog und die Herzogin von Preston? Noch nie gehört."

„Du interessierst dich wohl nicht für das englische Königshaus", sagte Dean pikiert, fast so, als würde er Eden einen

Vorwurf daraus machen wollen, dass sie mit der Queen und ihrem Gefolge nicht sehr viel anfangen konnte.

„Nicht wirklich, stimmt", sagte sie.

„Auf jeden Fall hat eine unserer Leserinnen in London uns die Info zugespielt, dass der Juwelier, für den sie arbeitet, eine Auswahl an erlesenen Verlobungsringen nach Preston hatte schicken müssen. Da liegt es fast auf der Hand, dass einer der Prinzen, John, James oder Alexander, in Kürze vor den Altar treten wird."

„Und jetzt soll ich nach London fliegen und diesen verlobungswilligen Royals hinterherspionieren?", fragte Eden unsicher. Sie hatte keine große Lust, die Feiertage ganz allein in einem Hotel in Europa zu verbringen, nur weil irgendein unbekannter Prinz sich möglicherweise – oder auch nicht – verloben könnte.

„Aber natürlich nicht. Die Prestons sind andere Adelige, als du vielleicht denkst. Sie sind viel … bürgerlicher als die Windsors. Jedes Jahr zu Weihnachten kommen sie in die Staaten und verbringen die Feiertage auf einem ihrer Landsitze in Colorado. Ich gehe davon aus, dass der Prinz, der im Augenblick auf Freiersfüßen wandelt, seine Verlobung genau dort im Kreise seiner Familie bekannt gibt, weil sein Vater das vor vierzig Jahren nämlich genauso gemacht hat. John James Preston II. hat seine Frau am Weihnachtsabend vor vierzig Jahren um ihre Hand gebeten. Da liegt es doch auf der Hand, dass der Sohnemann es ihm nachmachen wird. Und genau da kommst du ins Spiel."

Eden schwante Unheil. So wie es aussah, hatte Dean vor, sie über Weihnachten nach Colorado zu schicken.

„Aber … sind Prominente nicht eigentlich Maddies Metier?"

„Mit Royals hat Maddie nichts am Hut", wehrte Dean ab. „Und in der Celebrityszene ist sie bekannt wie ein bunter Hund. Wenn auffliegt, dass wir quasi verdeckt ermitteln … nein, nein. Außerdem verbringt sie die Feiertage mit ihrem Mann und ihrer Familie in Stonehill Creek bei Emma. Ich dachte, nachdem du im Augenblick ja Single bist …"

„… habe ich an Weihnachten bestimmt nichts Besseres vor, als einem unbekannten Prinzen nachzustellen, um herauszufinden, ob er seiner Angebeteten einen Antrag macht oder nicht?", vollendete Eden Deans Satz. Etwas Unmut war in ihrer Stimme zu erkennen.

„So war das nicht gemeint. Aber für Glamerica ist es wichtig. Die Leser stehen auf die Royals, erst recht, seit sie durch Harry und William so greifbar geworden sind. Ich will vermeiden, dass die Sparkle sich diese Neuigkeit krallt und wir dann leer ausgehen. Diese Juweliersangestellte hat die Info bestimmt nicht nur uns zugespielt." Dean sah Eden an wie ein geschlagener Hund. „Wenn nichts an der Sache dran ist, kannst du meinetwegen am 25. zurückreisen und die Feiertage mit deiner Familie verbringen. Aber vielleicht findest du etwas raus, was uns weiterbringt. Hör dich um, sprich mit den Anwohnern. Vielleicht kannst du Kontakt zum Personal knüpfen."
„Gott, Dean, wenn das wirklich Adelige sind, wird es vermutlich nicht so einfach sein, die Dienstboten mal eben auf ein Bier einzuladen und sie auszuquetschen."

„Das weiß ich doch", entgegnete Dean, „aber es wäre ein Drama, würde die Sparkle darüber berichten und wir nicht." Er sah Eden an. „Und hör mal, Eden, wenn du eine gute Story herausholst, steht einer Beförderung nichts mehr im Wege. Wir planen einige neue Ressorts in Zukunft, und natürlich ist klar, dass die Mitarbeiter, die sich engagieren, auch diejenigen sein werden, die zuerst befördert werden."

Jetzt hatte Dean Eden am Haken. Schon seit der Trennung von Trey hatte sie sich vorgenommen, in Manhattan Karriere zu machen. Bislang war sie auf einem guten Weg. Sie hatte zunächst bei einem Theateragenten angeheuert, für den sie die Social-Media-Kanäle betrieb, bevor Ginger sie im Mai gebeten hatte, ihr bei einer Reportage übers Onlinedating behilflich zu sein. Sie selbst hatte einen Kerl online kennengelernt, und etwas in ihr hatte sich gesträubt, weitere Kerle zu daten. Ein Volltreffer, wie sich schließlich herausstellte. Mittlerweile waren Ginger und Adam – ein steinreicher Industrieller – verheiratet und hätten glücklicher nicht sein können. Eden arbeitete jetzt seit über eineinhalb Jahren für das Magazin und fand, dass es langsam Zeit für den nächsten Karriereschritt war.

„Okay, ich mach's", sagte sie und sah Dean dabei fest an.

„Ich wusste doch, dass ich mich auf dich verlassen kann, Jones."

Eden war etwas durch den Wind, als sie Deans Büro verließ. Draußen war die Weihnachtsparty der Redaktion noch in vollem Gange. Mittlerweile war ein Weihnachtsmann angekommen, der vor dem Baum Geschenke verteilte. Connor Jenkins, der Leiter der Glamerica-Grafikabteilung, bandelte wie üblich mit einer der blutjungen Praktikantinnen an, und ihre Freundinnen standen bei der Eggnoggbar und füllten ihre Gläser erneut auf. Eden seufzte. Hatte sie sich da drin eben tatsächlich dazu breitschlagen lassen, über Weihnachten verdeckt nach einem britischen Adeligen zu forschen, nur weil möglicherweise eine Verlobung ins Haus stand? Sie hatte keine Ahnung, wie sie es anstellen sollte, überhaupt in die Nähe dieser Familie zu gelangen, ohne nicht gleich in einen Kerker geworfen zu werden. Das war doch in etwa so, als würde man munter auf den Buckingham-Palast zuspazieren, winkend an den Wachen vorbeilaufen und sich mit der Queen gemütlich zu einem Tee und Keksen treffen. Ginger winkte ihr zu und Eden setzte sich in Bewegung. Vielleicht würde sie nach einem oder zwei Eggnoggs etwas klarer sehen.

20. DEZEMBER

ZWEI

Eden war ziemlich geschlaucht, als sie am nächsten Abend auf dem Denver International Airport ankam. Nachdem sie erst relativ spät von der Weihnachtsparty nach Hause gekommen war, hatte es an diesem Morgen gegolten, ihre Mutter darauf vorzubereiten, dass sie möglicherweise an Weihnachten nicht nach Boston kommen würde, währenddessen sie ihre Siebensachen für den Flug zusammenpackte. Ein Drama mittleren Ausmaßes. Schließlich hatte sie einen Koffer gepackt und war zum Flughafen gefahren. Gemeinsam mit den anderen Passagieren hatte sie darauf gewartet, dass das Gepäck auf dem Rollband ankam, doch so wie es aussah, stand ihr Colorado-Trip von Anfang an unter keinem besonders guten Stern. Ihr Koffer war nicht da. Nachdem die anderen Passagiere, einer nach dem anderen, ihre Gepäckstücke von dem Band genommen hatten, stand sie nach einer Weile einsam und allein im Gepäckbereich und drehte erst dann ab, als das Band nach einer Weile mit einem leisen Ruckeln stehen blieb. Sie seufzte. Eigentlich hatte sie sich vorgenommen, so schnell wie möglich in ihr Hotel zu kommen, eine heiße Dusche zu nehmen, etwas vom Zimmerservice zu bestellen und mit ihrem Fire-TV-Stick fernzusehen. Jetzt hatte sie noch nicht einmal einen Pyjama, den sie diese Nacht tragen konnte, von ihrem Fire-TV-Stick ganz zu schweigen.

Der Schalter, der für Gepäckverlust zuständig war, war glücklicherweise besetzt und nicht besucht. So wie es aussah, war Eden die Einzige, die an diesem Abend ihr Gepäck verloren hatte.

„Guten Abend, Ma'am, was kann ich für Sie tun?", fragte eine pikiert wirkende Dame mittleren Alters in der roten Uniform der Airline.

„Ich komme gerade von Manhattan, ich war auf Flug AA8346. Mein Gepäck ist leider nicht angekommen", schilderte Eden ihren Fall.

„Oh, das tut mir leid. Ich bräuchte bitte Ihren Gepäckabschnitt, den man Ihnen in New York beim Check-in gegeben hat." Eden überreichte der Angestellten das kleine Papierstück, das sie hinter der ersten Seite ihres Reisepasses aufbewahrt hatte, die daraufhin begann, etwas in ihren Computer zu tippen. Sie hoffte inständig, dass ihr Koffer nur auf einem anderen Band gelandet war und bereits in irgendeinem Lagerraum darauf wartete, abgeholt zu werden. Nach einigen Augenblicken zog die Angestellte die Stirn kraus und sah Eden an.

„Tut mir wirklich leid, Miss Jones, aber Ihr Gepäck ist in Florida."
„In Florida?"

„Offensichtlich wurde es vom System fehlgeleitet. Merkwürdig zwar, dass es nur Ihren Koffer betrifft, aber… das kommt hin und wieder vor. Ist jedoch kein Beinbruch. Wir schicken ihn mit dem nächsten Flug gleich morgen früh zurück, dann ist er im Laufe des Tages hier. Selbstverständlich wird die Fluglinie den Transport zu Ihrem Hotel übernehmen. Darf ich fragen, wo Sie nächtigen?"
„Im Woody Creek Inn", sagte Eden und die Angestellte tippte wieder auf ihrer Tastatur herum. Sie druckte ein Formblatt aus, auf dem alle Daten der Reise, des Gepäcks und von Eden standen, und legte es ihr zur Unterschrift vor.

„Gibt es hier irgendwo die Möglichkeit, einzukaufen?", fragte sie die Angestellte. Sie wusste, dass Läden wie Target oder Saks für gewöhnlich keine Shops auf Flughäfen betrieben und sich hier meist große Labels ansiedelten, aber es widerstrebte ihr, sich vorzustellen, noch eine ganze Nacht und einen ganzen Tag in den Klamotten zu verbringen, die sie bereits trug. Erst recht, wo sie auf so königlicher Mission war. Außerdem, so wurde ihr klar, hatte sie weder eine Zahnbürste noch sonstige Körperpflegeprodukte bei sich.

„Eigentlich schon", sagte die Angestellte, „allerdings haben diese Läden bereits geschlossen. Die machen um neun Uhr dicht und öffnen erst morgen früh um sieben wieder. Aber ich darf Ihnen im Namen von United dieses kleine Notfallset hier zur Überbrückung überreichen." Sie drückte Eden einen kleinen, durchsichtigen Plastikbeutel in die Hand, der eine ebenso kleine Plastikzahnbürste, eine winzige Tube Zahnpasta und ein Fläschchen enthielt, dessen Inhalt man offenbar zum Duschen und zum Haarewaschen benutzen konnte. Der gesamte Inhalt war mit dem Logo der Airline bedruckt.

Eden seufzte. „Vielen Dank", sagte sie, nahm ihr Formblatt vom Schalter und verstaute es in ihrer Handtasche. Vielleicht hatte sie Glück und ihr Hotel hatte einen Souvenirshop und einen Reinigungsservice. Ein Umstand, auf den sie jedoch nicht zu hoffen wagte, immerhin würde es sie in eine Kleinstadt in Colorado verschlagen. Leicht resigniert begab Eden sich zu dem Schalter von Budget, bei dem ein Mietwagen für sie angemietet worden war. Ein gelangweilt aussehender, pickliger Junge von vielleicht achtzehn Jahren saß hinter dem Schalter und sah sie kaugummikauend an.

„Hallo, mein Name ist Eden Jones. Es müsste ein Wagen für mich reserviert sein", sagte sie. Der Junge tippte – wie zuvor die Angestellte beim Gepäckverlust – etwas in seinen Computer.

„Tut mir leid, Ma'am, hier is' nichts drin", sagte er unmotiviert.

„Dann vielleicht auf Glamerica New York? Das ist das Magazin, für das ich arbeite."

Der junge Mann sah Eden verständnislos an, ehe er noch einmal in die Tasten haute. „Nein, tut mir leid, auch nichts. Haben Sie die Reservierungsbestätigung bei der Hand?"

Eden fiel ein, dass sich die Mappe mit ihren Reiseunterlagen und den Infos, die sie über die Familie Preston gesammelt hatte, in ihrem Koffer befand.

„Nein, tut mir leid. Die ist gemeinsam mit all meinen anderen Reiseunterlagen in meinem Koffer. Und der befindet sich in Florida.“

Der Junge sah sie an. „Tja, tut mir leid, Ma'am, aber ich habe hier keine Reservierung für Sie. Außerdem habe ich ohnehin keinen verfügbaren Wagen mehr.“

„Was? Aber ich muss weiter nach Woody Creek“, sagte Eden genervt. Sie hatte die Nase voll von diesem Job, und mittlerweile pfiff sie auch auf die Beförderung, die Dean ihr in Aussicht gestellt hatte. Wenn sie daran dachte, dass sie an diesem Tag eigentlich nach Hause hatte fahren wollen und jetzt gut und gerne mit ihren Eltern auf der gemütlichen Couch vor dem Fernseher sitzen und die selbst gebackenen Weihnachtskekse ihrer Mutter essen könnte, wurde ihr ganz wehmütig.

„Das können Sie sich heute wohl abschminken“, sagte der Junge. „Morgen Mittag bekomme ich den ersten Wagen wieder rein; wenn alles in Ordnung ist, können Sie ihn um eins haben.“

„Ich brauche den Wagen aber nicht morgen um eins, sondern heute und jetzt“, sagte Eden aufgebracht. Ihr Geduldsfaden war kurz davor, zu reißen. „Hören Sie“, sagte sie etwas besänftigter, „ich muss dringend weiter, es steht viel auf dem Spiel. Ich könnte … meinen Job verlieren, wenn ich heute Abend nicht nach Woody Creek komme.“ Ein bisschen schwindeln hatte noch nie geschadet, und wie es den Anschein hatte, trug Edens kleine Notlüge tatsächlich Früchte. Der Bursche sah sie mit einem Ausdruck der Skepsis und des Mitleids an. „Es ist wirklich sehr, sehr wichtig, verstehen Sie?“, legte sie noch nach. Der Bursche sah sie einige weitere Augenblicke an. Dann wirkte er fast so, als habe er einen Geistesblitz gehabt. Er erinnerte Eden an Wickie, den Wikingerjungen aus der Zeichentrickserie, der immer Sternchen sah und „Ich hab's“ rief, wenn ihm etwas einfiel.

„Ja, wissen Sie, Ma'am, ich habe da vielleicht doch noch einen Wagen für Sie“, sagte der junge Mann jetzt. Eden hätte ihm am liebsten eine geklatscht. Wieso sagte er zuerst, es gäbe keinen freien Wagen mehr, und dann schüttelte er plötzlich noch einen aus dem Ärmel? Doch anstatt ihm an die Gurgel zu springen, schenkte sie ihm ein Lächeln.

„Ich nehme ihn“, sagte sie, aber der Junge winkte ab.

„So einfach ist das nicht." Er lächelte und entblößte dabei eine Reihe gelblicher Zähne, die Kontakt mit Colgate wieder einmal dringend nötig gehabt hätten. „Ich muss erst meinen Dad fragen, ob ich Ihnen diesen Wagen geben darf. Er macht hin und wieder ein paar Mätzchen."

„Mätzchen?", wiederholte Eden, doch der junge Mann ging nicht mehr auf sie ein. Was für ein Wagen machte bitte „Mätzchen"? Und welche Mätzchen konnte ein Wagen schon machen? Weigerte er sich, auf gewissen Parkplätzen abgestellt zu werden, oder schmeckte es ihm nicht, wenn man in den vierten Gang hochschaltete? Der Junge nahm keine Notiz mehr von Eden. Stattdessen wählte er auf seinem Tischtelefon eine Nummer und wartete einige Augenblicke. Eden seufzte und drehte sich um. Das alles begann ja schon großartig. Wenn das hier so weiterging, wollte sie sich besser nicht vorstellen, was dieser Trip sonst noch so für sie bereithielt. Sie war nicht einmal eine Stunde in Denver, da hatte sie bereits ihr Gepäck verloren, bekam keinen Mietwagen und … Wenn es so weiterging, war ihr Hotelzimmer bestimmt längst an jemand anderen vergeben worden und sie würde die Nacht wohl unter einer Brücke verbringen müssen.

„Miss?" Sie drehte sich um und der Junge von Budget grinste sie an.

„Ja?"

„Wenn Sie eine Verzichtserklärung unterzeichnen, kann ich Ihnen den Wagen geben", sagte er.

„Eine … Verzichtserklärung? Wozu denn eine Verzichtserklärung?", wollte Eden wissen.

„Na ja, der Wagen macht wie erwähnt hin und wieder ein paar Mätzchen. Nichts Schlimmes. Aber manchmal geht die Zündung einfach so aus, und dann dauert es eine Weile, bis sie wieder angeht. Wir wollen uns nur absichern, dass Sie uns nicht dafür verantwortlich machen, wenn Sie wegen des Wagens Ihren Termin verpassen oder so."

„Wie, die Zündung geht aus?", fragte Eden. Ihr war nicht sonderlich wohl dabei, mit einem Wagen, der „Mätzchen" machte, quer durchs Land zu fahren.

„Na ja, offenbar gibt es ein Problem mit der Elektronik. Nächste Woche kommt er in die Werkstatt, dann sollte er wieder laufen.“

„Und wenn die Zündung ausgeht, was dann?“

„Dann warten Sie ein paar Sekunden, starten ihn neu, und er schnurrt wieder wie ein Kätzchen.“ Der picklige Junge grinste sie dämlich an.

Eden überlegte. Ganz wohl war ihr bei der Sache nicht. Ein Wagen, bei dem die Möglichkeit bestand, dass einfach so die Zündung ausging, war nicht gerade ungefährlich, noch dazu, wo sie eine ganz schöne Strecke zurückzulegen hatte. Was, wenn sie dadurch einen Auffahrunfall provozierte? Oder mitten in der Nacht irgendwo liegen blieb? Die andere Alternative, die sie hatte, war, hier am Flughafen zu übernachten. Dazu hatte sie wirklich keine große Lust. Außerdem würde Dean ihr die Hölle heißmachen, wenn sie keine Infos über die Prestons zusammentrug und – Gott bewahre – ein anderes Magazin ihr am Ende tatsächlich zuvorkam. Und dieser Typ würde ihr doch den Wagen nicht wirklich vermieten, wenn tatsächlich Gefahr im Verzug wäre, oder?

„Und Sie sind sicher, dass der Wagen mich problemlos nach Woody Creek bringt?“

„Klar. Wenn Sie in Kauf nehmen, dass er hin und wieder abstirbt.“

Sieh mal einer an. Aus „ab und zu“ war mittlerweile „hin und wieder“ geworden.

„Sie bekommen 25 % Rabatt auf den Mietpreis. Der Wagen hat Vollausstattung, Sitzheizung, Navi, beheiztes Multifunktions-Lederlenkrad …“

„Ich nehme ihn“, sagte Eden, ehe sie es sich anders überlegen konnte. Es machte bestimmt Sinn, jetzt noch nach Woody Creek zu fahren. Diesen fürchterlichen Tag wollte sie schnellstmöglich hinter sich lassen.

Kurze Zeit später saß sie hinter dem Steuer eines 2017er Toyota Avensis und der Junge bei Budget hatte ihr nicht zu viel versprochen. Der Wagen fuhr sich großartig, die Sitzheizung wärmte ihren Hintern perfekt und auch das Innere des Wagens hatte sich bereits angenehm aufgeheizt. Sie hatte die Heizung auf volle Leistung eingestellt und aus dem Radio drang Weihnachtsmusik. Langsam fiel die Spannung von ihr ab, auch wenn sie sich immer noch darüber ärgerte, dass ihr Gepäck nicht mitgekommen war. Aber vielleicht hatte sie ja Glück und sie entdeckte irgendeinen Supermarkt, der um diese Zeit noch geöffnet war. Sie würde sich dort zwar nicht mit grenzenloser Haute Couture eindecken können, aber auf jeden Fall Sportklamotten, eine Jogginghose und ein Shirt finden. Und vielleicht etwas zu essen und zu trinken. Ihr Magen knurrte, das letzte Mal, dass sie etwas gegessen hatte, war mittlerweile schon einige Zeit her. Das Navi zeigte ihr noch eine Fahrtzeit von knapp zwei Stunden an und bislang hatte der Wagen weder Aussetzer gehabt noch „Mätzchen" gemacht. Und gerade als sie darüber nachdachte, dass sie Glück haben könnte und ohne Probleme ihr Ziel erreichte, passierte es. Mit einem Moment wurde das Armaturenbrett schwarz, der Motor ging aus, die Lenkradsperre aktivierte sich und der Wagen rollte einige Meter die Straße entlang, ehe er träge zum Stehen kam. Eden seufzte. Gut, dass diese Straße hier absolut unbefahren war. Sie drehte den Zündschlüssel auf die Position 0 und wartete einige Augenblicke. Dann startete sie den Wagen erneut und der Junge von Budget hatte Recht behalten – er schnurrte wie ein Kätzchen.

Eine weitere Stunde später hatte Eden bereits einen großen Teil der Strecke zurückgelegt. Der Wagen nervte sie mittlerweile. Fast im Fünf-Minuten-Takt ging der Motor aus, ließ sich aber glücklicherweise problemlos immer wieder starten. Das Navi hatte sie auf eine unbefestigte Straße gelotst und mittlerweile hatte starker Schneefall eingesetzt. Sie ärgerte sich, dass sie nicht bei dem Motel angehalten hatte, das sie vor zehn Minuten passiert hatte. Sie hätte sich einfach dort ein Zimmer nehmen und am nächsten Tag weiter nach Woody Creek fahren sollen. Eden fuhr Schritttempo und war sich längst nicht mehr sicher, ob sie sich auf dem richtigen Weg befand. Sobald sie im Hotel war, würde sie den Wagen abholen lassen und sich einen anderen organisieren. Damit nach Aspen zu gelangen, wo die Prestons das Fest angeblich verbringen würden, würde ihr Nervenkostüm auf eine harte Probe stellen. Schon passierte es wieder. Das Armaturenbrett wurde schwarz und der Motor ging aus. Eden wartete die üblichen fünf Sekunden, ließ den

Motor erneut an und rollte weiter. Der Schneefall war mittlerweile stärker geworden, und sie aktivierte die Scheibenwischer, um die Windschutzscheibe frei zu machen, auf der sich mittlerweile eine ordentliche Schicht Schnee gebildet hatte. Doch nichts passierte. Eden glaubte es nicht. Die Scheibenwischer hatten die ganze Fahrt über problemlos funktioniert. Sie drückte den Hebel für die Scheibenwischeranlage erneut. Nichts passierte, nur der Schneefall wurde stärker und stärker.

„Geh doch an, verdammter Mist", fluchte Eden, doch die Scheibenwischer rührten sich keinen Millimeter. Die Windschutzscheibe des Toyota war mittlerweile fast völlig zugeschneit. Eden stieg aus und befreite sie vom Schnee, was jedoch nicht sehr viel Wirkung zeigte. Sie setzte sich in den Wagen und rollte einige Meter vorwärts. So weiterzufahren wäre absoluter Irrsinn. Laut Navi hatte sie noch an die fünfzig Meilen vor sich. Die ohne anständige Sicht hinter sich zu bringen, war lebensmüde. Jetzt hatte sie die Wahl. Sollte sie die Nacht hier im Wagen verbringen und riskieren, zu erfrieren oder von irgendwelchen Verrückten überfallen zu werden? Wer sich hier in den Wäldern Colorados so herumtrieb, wollte sie sich lieber nicht ausmalen. Oder sollte sie es wagen, zu dem Motel zurückzufahren, das sie vor einer Weile passiert hatte? Es würde sicher nicht sehr einfach werden, mit derart schlechter Sicht die ganze Strecke zurückzukehren, doch Eden kam es klüger vor, es wenigstens zu versuchen, als hier draußen ganz allein im Wagen zu bleiben. Es würde eiskalt werden, würde sie die Zündung ausmachen und versuchen, hier zu übernachten. Und ob der Tank noch ausreichte, um die Heizung im Inneren die ganze Nacht über am Laufen zu halten, wagte sie auch zu bezweifeln. Im Schneckentempo kroch sie Meter für Meter vorwärts, versuchte immer wieder vergeblich, die Scheibenwischer zu aktivieren, doch bereits nach kurzer Zeit bemerkte sie, dass sich die Rückfahrt nicht so einfach gestaltete, wie sie zunächst angenommen hatte. Sie sah absolut gar nichts da draußen. Auch dann nicht, wenn sie alle paar Meter haltmachte, ausstieg und die Windschutzscheibe von Hand freischaufelte. Es war einfach irrsinnig, und auch wenn das Motel nur ein paar Meilen die Straße hinab sein musste, war ihr spätestens jetzt klar geworden, dass sie es in dieser Nacht nicht mehr erreichen würde.

Eden wusste nicht, wo sie sich gerade befand. Sie hatte es im Schneckentempo geschafft, den Wagen zu wenden, und war in eine Straße abgebogen, von der sie glaubte, sie würde zurück zu dem Motel führen. Die Sicht wurde immer schlechter, obwohl sie sich das kaum vorstellen konnte. Sie ließ die Fensterscheibe herunter. Vielleicht würde sie besser vorwärtskommen, wenn sie, anstatt durch die Windschutzscheibe zu sehen, seitlich aus dem Fenster blickte. Sie konnte den Tempomat auf zehn Meilen die Stunde anschalten und … Blöde Idee. Auch auf diese Weise sah sie kaum etwas, zusätzlich flogen ihr Schneeflocken ins Gesicht, und es war lebensmüde, den Wagen auf diese kuriose Art und Weise zu lenken. Sie rollte langsam weiter und stellte fest, dass sie die Orientierung schließlich völlig verloren hatte. Hatte sie zunächst wenigstens noch gewusst, dass sie auf der Straße Richtung Woody Creek war, so hatte sie jetzt keine Ahnung, wo sie sich befand. Das Navi war auch keine Hilfe mehr. Es sah ganz so aus, als wäre es hängen geblieben, und zeigte eine verzerrte Straßenkarte und Zeichen an, die Eden kaum entziffern konnte. Und dann, als hätte es nicht noch schlimmer kommen können, ging wieder der Motor aus. Eden fluchte, wartete ein paar Sekunden und betätigte die Zündung. Nichts passierte. Sie schob den Schlüssel wieder auf Position 0 zurück, wartete, zündete … und wurde erneut enttäuscht. Sie probierte es wieder und wieder und wieder, aber der Wagen sprang nicht mehr an. Doch er bewegte sich. Eden sah die Landschaft an sich ganz langsam vorbeiziehen, obwohl der Motor des Wagens stumm war. Natürlich. Zu allem Überfluss hatte der Wagen auf einer abschüssigen, vereisten Straße den Geist aufgegeben, sodass er jetzt mit aktivierter Lenkradsperre munter weiterrollte wie ein überdimensionaler, unkontrollierbarer Schlitten. Eden sprang in die Bremse, doch der Wagen wurde nur minimal langsamer und ignorierte all ihre Bemühungen, ihn zum Anhalten zu bewegen, mit voller Kraft. Er rollte immer noch seines Weges den Abhang hinunter und stellte sich leicht seitlich. Panik stieg in Eden auf. Sie drückte ihren Fuß mit aller Kraft auf die Bremse und wartete zwei, drei, vier Sekunden. Dann drehte sie den Zündschlüssel nach rechts, doch … nichts passierte. Sie stellte ihn zurück auf Position null, wartete drei Sekunden, startete erneut und wieder – nichts. Das war doch nicht die Möglichkeit, oder? Eden probierte es noch einmal und noch einmal, doch der Wagen ließ sich nicht mehr starten. Stattdessen rollte er unentwegt die Straße hinunter. Es rumste. So wie es aussah, hatte sie eine Absperrung durchbrochen. Der Wagen rollte unterdessen immer schneller und Eden sah eine Schneewehe vor sich. Mit einem weiteren Rums krachte der Toyota dagegen bohrte sich etwas hinein und blieb stehen. Eden versuchte, ihn wieder zu starten, was ihr nicht gelang und außerdem ohnehin keinen Zweck gehabt hätte. Der Wagen war festgefahren und befand sich auf einer verschneiten Wiese mitten im Nirgendwo. Im Inneren war es noch recht warm, doch Eden wusste, dass sich das sehr schnell ändern würde, wenn der Motor nicht mehr lief. Sie sah an sich hinunter. Sie trug Jeans, ein Shirt und eine Weste, dazu Sneakers und eine leicht wattierte Jacke. Nicht gerade die beste Ausrüstung, um eine Nacht eingeschneit mitten in der Wildnis zu verbringen. Sie sah sich im Wagen um, konnte aber nichts entdecken, was sie über Nacht zumindest einigermaßen warm gehalten hätte. Das Schlimmste war: Sie wusste noch nicht einmal, wo sie sich überhaupt genau befand. Da fiel ihr ihr Handy ein. Vielleicht konnte man sie damit orten und aus ihrer misslichen Lage befreien. Natürlich. Immerhin konnte man Smartphones heutzutage mit dem Gesicht entsperren und erst unlängst hatte eine beklagenswerte Glamerica-Leserin im Facebook-Feed des Magazines erklärt, dass ihr Versuch, ihren Verlobten mittels Handyortung zu tracken, gescheitert war, weil er sie dabei ertappt hatte, wie sie seine letzten Standorte abrief. Jetzt musste sie nur noch genügend Akku haben, um einen Hilferuf abzusetzen, und schon würde man sich nach ihr auf die Suche machen. Ein Stein fiel ihr vom Herzen, als sie ihr iPhone aus ihrer Handtasche zog und es aktivierte. Das Telefon reagierte sofort, doch ein Blick auf die Empfangsanzeige ließ eine hässliche Vermutung in ihr wahr werden. Sie hatte keinen Empfang. Null. Nada. Nichts. Keinen. Für einen Augenblick überlegte sie, nach draußen zu gehen und den Hügel, den sie hinabgerollt war, hinaufzulaufen. Möglicherweise hatte sie dort

– zumindest vorübergehend – ein Signal, um Hilfe zu rufen. Doch dann fiel ihr ein, dass das Auto auskühlte, sobald sie die Tür öffnete und sie in ihrem Outfit nicht gerüstet war, sich lange Zeit draußen aufzuhalten. Sie ärgerte sich. Das war doch lächerlich. Das hier war das Jahr 2018. Ihr Handy erkannte sie am Gesicht, scheiterte aber dennoch daran, Hilfe zu rufen? Es war möglich, Autos ins Weltall zu schießen, wie Elon Musk das unlängst getan hatte, aber nicht, hier auf der Erde Hilfe zu holen, wenn man in einer Schneewehe steckte? Langsam, aber sicher bemerkte Eden, wie es im Wagen kälter wurde. Es würde nicht mehr lange dauern, bis es hier drin genauso kalt war wie draußen. Sie schüttelte resigniert den Kopf. Das konnte doch nicht die Möglichkeit sein, oder? Würde sie am Ende hier draußen gar erfrieren? Nur, weil sie versucht hatte, eine Beförderung zu ergattern? Weil sie so karrieregeil war, dass sie sogar das Weihnachtsfest für ihren Job ausfallen ließ? Sie wusste nicht, ob es von der Kälte kam oder einfach daher, dass sie total geschlaucht war, als sie feststellte, dass etwas Müdigkeit sich über sie senkte. Sie wusste, dass sie jetzt nicht einschlafen durfte, aber sie war so unsagbar müde. Sie würde einfach ein paar Sekunden die Augen schließen und dann überlegen, wie sie am besten weiter vorging. Noch bevor sie diesen Gedanken zu Ende führen konnte, senkte sich der schwere Schleier des Schlafes über sie.

DREI

Im ersten Moment war Eden orientierungslos, als sie die Geräusche von draußen vernahm, die zu ihr ins Wageninnere drangen, dann fiel ihr wieder ein, dass sie mit dem Leihwagen, der angeblich „Mätzchen" machte, hier auf dieser Wiese gestrandet war. Sie musste wohl etwas geschlafen haben, denn erst als jemand an die mittlerweile eingeschneite Fensterscheibe klopfte und sie das Bellen eines Hundes vernahm, wurde sie wach. Ihr Herz klopfte. Sie würde hier ´doch nicht erfrieren, sondern gerettet werden – vorausgesetzt, derjenige, der da draußen war, war kein verrückter Serienkiller oder ein Hillbillie, der sie verschleppte. Dieses Risiko würde sie jedoch eingehen müssen, wollte sie hier drin nicht den Kältetod erleiden. Sie rappelte sich auf und öffnete die Wagentür.

Ein Schwall eiskalter Luft kam ins Wageninnere, als Eden die Tür öffnete, und am liebsten hätte sie sie wieder zugezogen. Sie hatte angenommen, dass es im Inneren des Wagens mittlerweile gleich kalt war wie draußen, doch da draußen mussten arktische Temperaturen herrschen. Sie stieg aus. Vor ihr stand eine große Gestalt, die ihr mit einer Taschenlampe ins Gesicht leuchtete und auf den ersten Blick nicht gerade vertrauenswürdig wirkte. Ein braun-weiß gefleckter Hund sprang fröhlich neben der Gestalt im Schnee herum.

„Ist alles mit Ihnen in Ordnung, Miss?" Eden bemerkte, dass der Fremde eine unglaublich sonore, angenehme Stimme hatte, und fand ihn mit einem Mal sympathisch. Sie war sich sicher, dass dieser Mann kein Serienkiller war. Hoffte sie zumindest. „Was machen Sie hier draußen? Sind Sie liegen geblieben?"

„Ja, alles in Ordnung. Bis auf die Tatsache, dass Sie mir ins Gesicht leuchten und mich blenden", sagte sie.

„Oh, tut mir leid." Die Taschenlampe wurde heruntergenommen, und Eden sah einen großen Mann vor sich stehen, der sie neugierig ansah. Sein Gesicht war immer noch hinter einer gigantischen Kapuze verborgen.

„Was machen Sie hier?"

„Ich bin vom Weg abgekommen. Ich wollte eigentlich nach Woody Creek, aber dieser blöde Wagen hier hat ... ‚Mätzchen' gemacht. Ich bin auf dem Hang dort ins Rutschen gekommen, weil er sich nicht mehr starten ließ, und dann in diese Schneewehe gekracht." Sie grinste, als sie das Wort des Jungen bei Budget verwendete.

„Sie sind ja ganz schön tough", sagte der Mann, „bei einem Schneesturm hier draußen herumzufahren." Er warf einen kurzen Blick auf den Toyota. „Heute Nacht können wir hier allerdings nicht mehr viel tun. Am besten, ich nehme Sie mit und wir rufen morgen früh den Abschleppdienst."

„Vielen Dank", sagte Eden aufrichtig. Sie war heilfroh, dass der Mann vorbeigekommen war, und stellte auch gar nicht infrage, dass er sie mitnehmen wollte. Ihr war alles recht, solange sie nur aus der fürchterlichen Kälte hier draußen wegkam. Jetzt öffnete er den Reißverschluss seiner Jacke und zog sie aus.

„Hier, nehmen Sie die, ehe Sie mir völlig durchfrieren", sagte er. Sie stellte fest, dass er unter seiner Jacke noch einen dicken Holzfällerpullover trug. Unter seiner Kapuze, die er jetzt abgelegt hatte, trug er ein rotes Baseballcap, das einen Schatten auf sein Gesicht warf. Zu gerne hätte sie einen Blick darauf geworfen, um festzustellen, ob er genauso gut aussah, wie er sympathisch wirkte. Er legte ihr die Jacke um die Schultern und augenblicklich wurde ihr wärmer. Sie versank fast in der riesigen Jacke und stellte fest, dass der Mann ein Hüne war. Es war ihr unangenehm, ihm bei dieser Kälte die Jacke abzunehmen, doch ihre Gliedmaßen waren derart durchgefroren, dass sie sie dennoch dankbar annahm.

„Dann wollen wir mal. Wir müssen den Hügel hinauf und dann ein Stück die Straße entlang, es ist nicht allzu weit", sagte er. Eden schloss sich ihm an.

Sie wanderten einige Zeit stumm nebeneinanderher.

„Wohnen Sie hier in der Gegend?", fragte sie schließlich.

„Immer mal wieder", sagte der Mann, „meine Familie hat hier draußen eine alte Jagdhütte, die sich hervorragend dazu eignet, etwas Zeit für sich zu haben. Gerade jetzt, wo die Feiertage vor der Tür stehen, geht's ja immer hoch her. Da genieße ich es, wenn ich vorher noch etwas Zeit allein verbringen kann."

„Da haben Sie recht."

„Wie heißen Sie überhaupt?"

„Eden. Eden Jones", stellte Eden sich vor.

„Ich bin Jay", sagte der Mann, ohne ihr seinen Nachnamen zu verraten. „Und der kleine Kerl hier ist Asterix." Der Hund sah freudig zu seinem Herrchen auf, als er seinen Namen vernahm.

„Freut mich, Sie und Asterix kennenzulernen, Jay. Und danke, dass Sie mich befreit haben, ich denke, mir hätte eine ziemlich unangenehme Nacht bevorgestanden."

„Das ist gut. Eine unangenehme Nacht? Vermutlich wären Sie erfroren, hier draußen zieht es in der Nacht ziemlich an und die Temperaturen fallen bis weit unter den Gefrierpunkt. Seien Sie bloß froh, dass Asterix noch mal rauswollte und Sie gefunden hat."

Eden ließ sich zu dem Hund hinab.

„Danke, Asterix", sagte sie und strich über sein seidiges Fell.

Eden hatte erwartet, dass Jay sie in eine kleine, abgewrackte Hütte brachte, doch das Blockhaus, das auf einer kleinen Waldlichtung mitten im Nirgendwo stand, überraschte sie. Es hatte zwei Zimmer und ein Bad mit Wanne, eine hübsche Küchenzeile und das Beste: einen offenen Kamin, der brannte und wohlige Wärme ins Innere der Hütte schickte.

„Nur herein", sagte er, als er die Tür öffnete. Erst jetzt wurde Eden bewusst, wie sehr sie fror.

„Am besten nehmen Sie erst mal ein heißes Bad, damit die Kälte aus Ihren Knochen weicht, ich mache Ihnen inzwischen Tee und etwas zu essen zurecht." Er führte sie in das kleine Badezimmer, das hübsch eingerichtet war. Eden konnte sich an keine Jagdhütte mit derart ausgestattetem Badezimmer erinnern, war aber dankbar und heilfroh, dass Jay sie gefunden hatte. Sie legte ihre Klamotten ab und sah in den Spiegel. Sie sah fürchterlich aus. Vermutlich musste Jay es bei ihrem Anblick viel eher mit der Angst zu tun bekommen als umgekehrt. Sie dachte an ihren attraktiven, heldenhaften Retter. Damit, dass sie die Nacht in der Waldhütte eines gut aussehenden Fremden verbringen würde, hätte sie nicht gerechnet.

„Was machen Sie in Fellow Springs?" fragte Jay, nachdem Eden aus dem Bad gekommen war und sie gemeinsam am Tisch saßen. Jay hatte Tee gekocht und Plätzchen auf den Tisch gestellt. Mit den Worten, er wäre nur bis morgen früh hier, hatte er sich dafür entschuldigt, nichts Sättigenderes auftischen zu können, doch die Kekse waren fantastisch. Genauso wie Jay. Eden war kurz die Luft weggeblieben, als er beim Hereinkommen aus dem Badezimmer ohne seine Jacke und die Mütze am Tisch gesessen hatte. Er hatte dunkles, kurzes Haar und dunkle Augen. Sein attraktives Gesicht war markant und männlich, aber wenn er lächelte, begann er förmlich zu strahlen.

„Ich ...", begann Eden. Sie überlegte, ob sie Jay einweihen sollte. Sollte sie ihm davon erzählen, dass sie auf der Spur der Prestons war und herausbekommen wollte, welcher der beiden Söhne sich verlobte? Und mit wem? Vielleicht kannte Jay die Familie, konnte ihr sogar einen Kontakt herstellen. Oder hatte Insiderinformationen. Andererseits lag es auch im Bereich des Möglichen, dass er für die Prestons arbeitete. Vielleicht war er eine Art Hausverwalter oder Dienstbote oder so. Sie entschied, den Grund für ihre Anwesenheit vorerst für sich zu behalten. Sie hatte schon des Öfteren mitbekommen, dass manche Menschen auf Reporter nicht gerade gut zu sprechen waren, und wenn Jay zu dieser Personengruppe zählte, so wollte sie ihn nicht vergrämen und am Ende des Tages wieder in ihrem eingeschneiten Wagen landen.

„Ich gönne mir ein paar Tage Auszeit", schwindelte sie. „Das ist das erste Weihnachtsfest ohne meinen Freund, der mich mit unserer Nachbarin betrogen hat, und obwohl die Sache schon eine Weile her ist, so trifft sie mich scheinbar so kurz vor den Feiertagen doch etwas härter als gedacht."

„Kann ich mir vorstellen. Die Feiertage sind immer etwas Besonderes, erst recht, wenn eine Trennung mit im Spiel ist", sagte Jay.

„Und Sie meinen, ich habe morgen Empfang, um einen Abschleppdienst anzurufen?", fragte Eden. Sie wollte möglichst schnell das Thema wechseln, um sich nur ja nicht zu verhaspeln. Jay lächelte.

„Nein", sagte er, „hier draußen ist es wie vor dreißig Jahren – Handyempfang gibt es nicht. Wir müssen das Festnetz im Haupthaus nehmen."

„Das Festnetz im Haupthaus?"

„Ja. Wie gesagt, das hier ist nur eine alte Jagdhütte. Mein Großvater ist sehr oft hierhergekommen, aber seit er tot ist, wird sie kaum noch benutzt. Ich bin seit gestern Morgen hier, weil Asterix und ich uns – genauso wie Sie", er zwinkerte ihr kurz zu, „noch eine kleine Auszeit vor dem rauschenden Familienfest gönnen wollten", sagte Jay. „Morgen früh gehen wir weiter ins Haupthaus. Dort gibt es Telefon und von dort können Sie den Abschleppdienst rufen."

„Danke, Jay. Ich danke Ihnen wirklich von ganzem Herzen. Sie haben was gut bei mir", sagte Eden, und für einen kurzen Moment drängte sich der Gedanke in ihren Kopf, dass sie Jay wirklich „keinen" Wunsch abschlagen würde.

„Ist doch Ehrensache", sagte der. „Kommen Sie, ich zeige Ihnen das Schlafzimmer."

„Ich … bekomme das Schlafzimmer?", fragte Eden. Ihr war nicht wohl dabei, den Hausherren auszuquartieren.

„Klar, wenn es für Sie in Ordnung ist, es zu teilen?" Verschmitzt lächelte er sie an, und sie spürte, wie sie rot wurde. „Ich bin auch niemand, der Ihnen mitten in der Nacht die Decke klaut."

„Ich … Ja, also … ich", begann sie.

„Keine Sorge, nicht mit mir." Jay zwinkerte ihr zu. „Aber Asterix wird darauf bestehen, in seinem Körbchen im Schlafzimmer zu schlafen."

21. DEZEMBER

VIER

Am nächsten Morgen erwachte Eden aus einem tiefen Schlaf. Gleich als sie ihren Kopf auf das Kissen gebettet hatte, war sie eingeschlafen. Es war ein langer, ereignisreicher Tag gewesen und sie war hundemüde gewesen. Asterix hatte es sich neben dem Bett in seinem Körbchen gemütlich gemacht. Es war ihr unangenehm gewesen, dass Jay ihretwegen auf die Couch hatte ziehen müssen, doch er hatte es sich nicht nehmen lassen, ihr das Schlafzimmer zu überlassen. Sie warf einen Blick aus dem Fenster und sah auf eine verschneite Landschaft hinaus. Es war wunderschön hier draußen, das musste sie neidlos zugeben. Eigentlich hatte sie sich auf Weihnachten in New York gefreut, doch hier draußen in der wilden Natur zu sein, war auch etwas ganz Besonderes. Es klopfte an der Tür.

„Eden? Sind Sie schon wach?"

„Ja, kommen Sie rein." Asterix gähnte und rekelte sich müde in seinem Körbchen, als sein Herrchen die Tür öffnete. Dann stand er auf und lief schwanzwedelnd auf ihn zu.

„Na, alter Junge, hast du auch gut auf unseren Gast aufgepasst?"

Jay sah großartig aus. Erst jetzt wurde Eden bewusst, wie

sportlich und durchtrainiert er war. Er war … genau ihr Typ, in seinen schwarzen Jeans und dem Norwegerpulli, in dem er zum Anbeißen aussah. Warum war er allein hier? Ob er Familie hatte? Eine Freundin? Gar eine Frau und Kinder?

„Haben Sie gut geschlafen?", fragte er.

„Wie ein Stein. Nochmals danke, dass Sie mir das Bett überlassen haben. Ich hätte ohne Weiteres aber auch die Couch genommen. Oder mich vor dem Kamin zusammengerollt. Ich war hundemüde."

„Kommt nicht in die Tüte. Ein Gentleman weiß, was sich gehört", sagte Jay und strahlte Eden an. „Ich habe allerdings eine schlechte Nachricht." Sie sah ihn neugierig an. Wenn er ihr jetzt eröffnete, dass er sie nicht mit ins Haupthaus nehmen konnte, würde sie wie ein begossener Pudel dastehen.

„Es gibt rein gar nichts hier in dieser Hütte, was wir frühstücken könnten. Wir müssen zum Haupthaus gehen, aber während wir auf den Abschleppdienst warten, können wir dort etwas essen."

„Das ist wirklich sehr nett von Ihnen, Jay", sagte Eden. Als Jay vom Frühstück zu sprechen begann, fiel ihr ein, dass das Letzte, was sie zu sich genommen hatte – bis auf die Kekse am Vorabend – das eher dürftige Mahl im Flugzeug gewesen war und sie jetzt richtigen Hunger hatte.

„Gut … dann würde ich sagen, Sie ziehen sich an und wir machen uns auf den Weg, okay?"

„Alles klar." Sie fragte sich neuerlich, ob Jay eine Freundin oder eine Frau hatte, kam aber zu dem Schluss, dass dem wohl nicht so war. Immerhin war er ganz allein auf der Jagdhütte gewesen – was andererseits überhaupt nichts zu bedeuten hatte. Für gewöhnlich waren Traummänner wie Jay nicht lange Single. Sie schüttelte kurz den Kopf. Warum machte sie sich darüber überhaupt Gedanken? Es war doch völlig unerheblich, ob Jay Single war oder nicht. Was zählte, war, dass er ihr das Leben gerettet hatte. Und vermutlich würde sie ihn nach diesem Vormittag heute ohnehin nicht mehr sehen. Ihr Leben lief nicht so wie ein Liebesroman oder eine romantische Komödie im Fernsehen ab, wo der potenzielle Traummann einem plötzlich inklusive sämtlicher Irrungen und Wirrungen über den Weg lief und bei dem am Schluss das Happy End winkte.

„Keine Ursache. Ist es Ihnen recht, wenn wir in fünfzehn Minuten aufbrechen? Zu Fuß werden wir etwa eine Stunde unterwegs sein."

Kurze Zeit später waren Eden und Jay auf dem Weg in das ominöse Haupthaus, von dem Jay gesprochen hatte. Zielsicher führte er sie durch den Wald, durch verschlungene Wege und über kleine Hügel. Eden selbst hätte sich hier draußen heillos verlaufen und war froh, Asterix' Leine zu halten, der zielsicher durch den Schnee stapfte. Jay hatte Eden in eine dicke Jacke gepackt, die sich in der Hütte befunden hatte und in der sie fast zu versinken drohte. Dafür fühlte sie sich wohlig warm an. Sie hatte keine Ahnung, wie lange sie schon unterwegs waren, und ihre Füße, die immer noch in ihren Sneakers steckten, schmerzten höllisch.

„Wir sind da", sagte Jay plötzlich wie auf Kommando. Eden sah auf und im selben Moment blieb ihr die Luft weg. Unter dem „Haupthaus" hatte sie sich nicht sehr viel vorstellen können. Sie war davon ausgegangen, dass es sich dabei um ein größeres Haus mitten in der Wildnis handeln würde, vielleicht etwas abgewohnt, mit dem Charme längst vergangener Tage, in dem Jays Familie die Feiertage verbrachte. Ein Häuschen, das man irgendwann einmal von einer weit entfernten Tante geerbt hatte oder so. Aber das, was sie hier erwartete, übertraf alles. Das hier war kein einfaches Haus, es war ein riesiger Landsitz. Das Anwesen hätte gut und gerne in einer Ausgabe von „Schöner Wohnen" abgelichtet werden können. Von außen war es weihnachtlich mit Tannengirlanden, Lichterketten und Kränzen dekoriert, auf dem Vorplatz befand sich ein großer, geschmückter Weihnachtsbaum.

„Wow", entfuhr es Eden. Sie konnte sich nicht vorstellen, dass das Hotel in Woody Creek, das auf sie wartete, auch nur annähernd so prächtig war wie dieses Anwesen.

„Willkommen auf Preston Manor", sagte Jay und Eden traute ihren Ohren nicht. Ihr Herz setzte einen Schlag aus, und sie war sich sicher, dass sie sich verhört hatte. Oder dass das hier ein Zufall war. Doch dann sah sie es selbst. An dem gusseisernen Tor, das sie passierten, waren gusseiserne Buchstaben angebracht. „Preston Manor", sagten sie.

„Preston? Sie … meinen doch nicht etwa die britischen Adeligen?" Eden konnte es kaum glauben. Die Prestons sollten doch die Feiertage über in Aspen sein und nicht hier mitten im Nirgendwo. Dean hatte zwar erwähnt, dass die Familie einige Anwesen in Colorado unterhielt, doch er hatte ihr auch gesagt, dass sie die Feiertage über jedes Jahr in einem Herrenhaus in Aspen verbrachten. Jay blieb stehen und drehte sich zu ihr um und für einen Augenblick blieb ihr die Luft weg. Gott, war dieser Mann schön!

„Doch, ja", sagte er und zwinkerte ihr zu. „Gestatten, John James Preston III. Tut mir leid, dass ich Sie an der Nase herumgeführt habe, aber glauben Sie mir, jede Sekunde, die ich als ‚normaler Mensch' verbringen kann, ist mir Gold wert. Im Augenblick dreht die Presse gerade durch, weil mein Bruder sich scheinbar verloben will. Schon seit Monaten ist er mit einer geheimnisvollen Frau zusammen, die er noch nicht einmal meinen Eltern vorgestellt hat. Dummerweise hat er eine Auswahl Verlobungsringe auf unser Anwesen in Großbritannien bestellt, ohne darüber nachzudenken, dass es leicht passieren kann, dass eine Stelle nicht ganz dichthält und den Trara den Medien weitergibt. Aus diesem Grund haben wir davon abgesehen, die Feiertage wie üblich auf unserem Anwesen in Aspen zu verbringen, und sind hierher ausgewichen. In Aspen wird vermutlich längst die Hölle los sein und es wird von Reportern aus aller Welt nur so wimmeln." Er sah Eden an, der in diesem Augenblick bewusst wurde, dass sie gerade einem echten Prinzen gegenüberstand. Einem echten Prinzen, der obendrein noch aussah wie ein griechischer Gott. „Ich kann Ihnen doch vertrauen, Eden, oder? Ich meine, Sie werden nicht in die Welt hinausposaunen, dass meine Familie die Feiertage hier verbringt?"

„Nein. Nein, natürlich nicht. Ich schweige wie ein Grab", sagte Eden und konnte ihr Glück gar nicht fassen. Nicht nur, dass dieser tolle Mann sie vor dem Erfrierungstod bewahrt hatte, es handelte sich bei ihm auch noch um den begehrten Prinz John James Preston III. Dem nicht genug, war er gerade dabei, sie mit auf sein Anwesen zu nehmen, wo sie ohne Zweifel den Rest der Familie kennenlernen würde. Wenn sie es irgendwie schaffte, auch nur ein Fünkchen an Information zu erhalten, dann war ihr ihre Beförderung sicher. Zu allem Überfluss war sie augenscheinlich die einzige Reporterin überhaupt, die wusste, wo sich die Prestons im Augenblick aufhielten. Der Rest vom Mob würde völlig umsonst in Aspen warten und sich vermutlich den Hintern abfrieren. Ihre Laune besserte sich augenblicklich. Irgendwo da draußen musste es wohl doch einen Weihnachtsmann geben. Und bei Gott, der musste Eden lieben.

***

„Mum, Dad? Ich bin da", rief Jay, als er die Tür des Anwesens öffnete und Eden sich in einer geräumigen, hellen und einladenden Eingangshalle wiederfand. Heller Marmor war auf dem Boden ausgelegt, der sich optimal mit dem dunklen Holz verband, aus dem die breite Treppe gefertigt war, die auf die Galerie im ersten Stock führte. Ein festlich aufgeputzter Weihnachtsbaum stand in der Eingangshalle und von irgendwoher drang leise Weihnachtsmusik.

„Mum? Dad?", rief Jay noch einmal und lief an Eden vorbei in einen der Räume des Hauses. Eden blieb mit Asterix zurück und sah sich um. In Windeseile zückte sie ihr Handy und machte Fotos. Selbst wenn sie nicht herausbekam, wen der Prinz heiraten würde, so konnte sie mit Fotos vom Inneren des Preston-Anwesens aufwarten und wusste bereits, dass es Alexander war, der seine Traumfrau vor den Altar führen wollte. Bestimmt konnte die Redaktion etwas damit anfangen. Sie überlegte kurz, wie sie weiter vorgehen sollte. Jay ging davon aus, dass sie so schnell wie möglich wieder wegwollte, würde ihr umgehend einen Abschleppwagen organisieren, und sie würde so schnell aus seinem Leben verschwinden, wie sie darin aufgetaucht war. Ohne irgendeine verwertbare Info, was es nun mit der Verlobung auf sich hatte. Sollte sie versuchen, sich hier irgendwo eine Unterkunft zu organisieren, und Jay dann „zufällig" wieder in die Arme laufen? Aber … die Familie würde bestimmt unter sich bleiben wollen, immerhin hatte er ja erwähnt, dass Reporter ihnen bereits auf den Fersen waren.

Eden erschrak, als die Eingangstür plötzlich aufging, und kam sich ertappt vor. Flink steckte sie ihr Handy zurück in ihre Tasche. Durch die Tür kamen ein Mann und eine Frau Ende fünfzig bis Anfang sechzig. Eden wusste sofort, dass sie es hier mit dem Herzog und der Herzogin von Preston zu tun haben musste, und sie fragte sich in diesem Moment, ob sie nun wohl einen Hofknicks machen oder den beiden einfach die Hand reichen sollte. Ihr war unwohl, obwohl sie einen auf den ersten Blick recht netten Eindruck machten. Der Herzog von Preston war ein großer, stattlicher, attraktiver Mann, der die Verwandtschaft zu Jay – oder eigentlich zu John James – nicht abstreiten konnte. Seine Frau war eine zierliche Rothaarige mit leuchtenden Augen, die ein Chanelkostüm trug. Überrascht sahen die beiden Eden an, während Asterix erfreut an ihnen hochsprang und seine

Begrüßungsstreicheleinheiten einforderte, ganz gleich, ob er es hier mit Adeligen zu tun hatte oder nicht. Hinter den beiden kam noch jemand ins Haus. Ein Mann etwa in Jays Alter, leicht übergewichtig mit Brille und einem licht werdenden Haaransatz, und eine Frau, die aussah, als würde sie gerade von einem Glamerica-Cover gepurzelt sein. Sie war groß, hatte langes, glattes, hellblondes Haar, blitzblaue Augen und Gesichtszüge, die wirkten, als hätte ein Bildhauer sie aus einem Stück Marmor herausgemeißelt.

„Wer sind Sie?", fragte der Herzog von Preston und sah Eden an. Im selben Augenblick kam Jay zurück in die Vorhalle. Ein Lächeln zierte seine Lippen, als er seine Eltern sah, doch seine Miene fror förmlich ein, als er auf das andere Pärchen blickte, das jetzt Hand in Hand und lächelnd dastand. Die Frau hatte sich an den Mann geschmiegt und ihren Kopf an seine Schulter gelegt. Dass die beiden verliebt waren, war offensichtlich. Und so auch, welcher Bruder sich verloben und wen er heiraten würde. Eden versuchte sich vor allem die Verlobte so genau wie möglich einzuprägen. Wenn sie schon keinen Namen bekam, so würde sie die Frau später so gut wie nur möglich beschreiben können müssen, um herausfinden zu können, um wen es sich handelte.

„John James, du bist schon hier", stellte die Frau, die Eden für die Herzogin von Preston hielt, fest und ging auf ihren Sohn zu. Sie küsste ihn zur Begrüßung auf die Wange. „Dein Vater und ich haben Alex und … Courtney vom Flughafen abgeholt." Eden hatte die kurze Pause bemerkt, die die Herzogin gemacht hatte, als sie den Namen der jungen Frau genannt hatte. Courtney. Damit konnte Eden etwas anfangen. Im Prinzip hatte sie jetzt bereits alles beisammen, was sie für ihren Artikel brauchte. Sie wusste, welcher Bruder heiratete, und vor allem – wen. Der Rest war Recherchearbeit, auch wenn sie nur zu gerne etwas mehr Zeit hier auf dem Anwesen und vor allem mit Jay verbracht hätte. Ihr war klar, dass da noch etwas im Raum stand. In Kombination mit dem Blick, den Jay seinem Bruder und dessen Freundin jetzt zuwarf, lag es auf der Hand, dass es sich bei Courtney um niemand Unbekannten handelte. Eden wünschte, sie hätte etwas mehr über die Prestons recherchiert, doch eigentlich war sie davon ausgegangen, dass sie dazu noch genügend Zeit haben würde, wenn sie erst in ihrem Hotel in Nebraska angekommen war. Dass sie jetzt mitten in ein sich anbahnendes Familiendrama königlichen Ausmaßes hineingeraten war, damit hätte sie nicht gerechnet. Jay war inzwischen die Farbe aus dem Gesicht gelaufen und aufgrund der peinlichen Berührtheit, die sich im Raum ausgebreitet hatte, traf es Eden wie der Schlag. Es musste sich bei Courtney mindestens um eine Exfreundin von Jay handeln. Alex ging auf Jay zu.

„Hey, Bruder, lange nicht gesehen", sagte er und klopfte Jay auf die Schulter. Selbst ein Blinder hätte die eisige Stimmung bemerkt, die sich zwischen den beiden angebahnt hatte.

„Das stimmt. Und wie man sieht, hat sich bei dir so einiges getan."

Courtney kam auf die Männer zu. Eden konnte sich schwer vorstellen, dass eine Frau wie sie in die Familie passte. Sie hatte die Prestons zwar noch nicht richtig kennengelernt und noch nicht einmal ein Wort mit ihnen gewechselt, aber die aufgestylte, stark geschminkte und hochnäsig dreinblickende Courtney wirkte ziemlich fehl am Platz. Erst recht, wenn man sie an der Seite von Jays Bruder sah, der fast einen Kopf kleiner und bestimmt doppelt so schwer war wie sie.

„Freut mich, dich wiederzusehen, Jay", hauchte Courtney und sah Jay an, während sie sich weiter an Alex schmiegte. Eden konnte gar nicht glauben, in was für eine Szene sie hier geraten war. Es würde die Story ihres Lebens werden, würde sie aufdecken, dass die neue, geheimnisvolle Verlobte von Alexander Preston gleichzeitig – so wie es aussah – die Exfreundin von John James war. Ihre Laune besserte sich schlagartig. Sie war die Einzige, die von der Story wusste, sie hatte sämtliche Details und noch viel mehr in der Tasche, und es hatte den Anschein, als würde sie Weihnachten doch noch bei ihrer Familie in Boston verbringen können. Sobald Jay den Abschleppwagen für sie gerufen hatte, würde sie zurück nach Denver fahren und in der nächsten Maschine nach Manhattan sitzen. Sie würde einen Abstecher ins Büro machen, über John James und diese Courtney recherchieren, ihre Story schreiben und den Knaller des Jahres abliefern, bevor es zu Ende ging. Sie würde die restlichen Tage vor dem Heiligen Abend ihr heiß ersehntes „New York Christmas" erleben können und pünktlich zum Weihnachtsessen in Boston sein.

„Du und Alex also", sagte Jay. Seine Stimme hatte einen fast bitteren Ton angenommen und Eden hatte Mitleid mit ihm. Sie bemerkte, wie seine Hände sich zu Fäusten ballten und seine Fingerknöchel weiß hervortraten.

„Ja, weißt du, Darling, es hat sich einfach so ergeben. Wir sind uns im Frühling auf Barbados begegnet, eines hat zum anderen geführt und … seither sind wir ein Herz und eine Seele." Jays Kiefer begannen zu mahlen, und Eden bemerkte, wie er die Fäuste neuerlich ballte. Offensichtlich hatte auch seine Mutter seine Verstimmung erkannt. Sie trat einen Schritt auf ihre Söhne und Courtney zu und legte ihre Hand auf Jays rechten Arm.

„John James, möchtest du uns nicht endlich deine Begleiterin vorstellen?", fragte sie. Eden wurde rot. Obwohl sie eigentlich nichts mit den Prestons am Hut hatte, fühlte sie sich selbst mindestens genauso fehl am Platz, wie Courtney es war. Ihr Haar hing ihr wirr vom Kopf, sie trug vom Wandern im Schnee feuchte Hosen und Schuhe und eine übergroße Jacke von Jay. Sie wollte sich selbst erklären, von ihrem Wagen, der liegen geblieben war, weil er „Mätzchen" machte, erzählen, doch Jay kam ihr zuvor. Im nächsten Moment spürte sie, wie sein linker Arm sich um sie legte und sie an ihn zog. Ihr wurde heiß und kalt. Sie hatte sich die ganze Zeit über vorgestellt, wie es sich wohl anfühlen musste, diesem gestählten Körper ganz nah zu sein, und jetzt, wo es tatsächlich passierte, wurden ihre Knie so weich, dass sie fürchtete, gleich einzuknicken.

„Das ist Eden", sagte Jay, bedachte sie mit einem liebevollen Blick und drückte sie etwas fester an sich, „meine neue Freundin."

FÜNF

„Ich bin Ihre neue Freundin?", fragte Eden ungläubig, als sie und Jay sich kurz nach oben entschuldigt hatten, um sich „frisch zu machen". „Was ist denn in Sie gefahren?"

Jay sah sie entschuldigend an.

„Es tut mir leid, Eden, es ist einfach mit mir durchgegangen. Wissen Sie, bis Anfang des Jahres war ich mit Courtney verlobt. Wir wollten im Juni heiraten, doch wie sich später herausstellte, wollte sie über mich an meinen Cousin Harry rankommen." Eden stellte nur am Rande fest, dass es sich bei „Cousin Harry" um den britischen Royal handeln musste, der mittlerweile mit Meghan Markle verheiratet war. „Jedenfalls hat sie begonnen, durchzudrehen, als Harry sich verlobt hat, und meinte, sie würde sich ein anderes Kaliber Mann an ihrer Seite vorstellen als mich. Sie war nur auf das Prestige und das Ansehen aus und hat sich nie wirklich für mich interessiert. Dass sie jetzt und hier plötzlich mit Alex aufkreuzt, hat mich wohl etwas überrumpelt."

Eden sah Jay an. „Und was machen wir jetzt? Ich meine, ich kann doch nicht hierbleiben."

„Ich weiß", sagte Jay, „und es tut mir wirklich leid. Ich werde mir auch etwas einfallen lassen, um Sie aus dieser Bredouille herauszuboxen, aber, Eden, meinen Sie, Sie könnten mir den Gefallen tun und für ein paar Tage meine Freundin spielen? Ich weiß, es ist ziemlich viel verlangt, aber … ich würde vor Scham im Boden versinken, würde ich meinen Eltern jetzt erzählen, dass ich Sie aus einer Kurzschlussreaktion als meine Freundin vorgestellt habe."

„Was?" Aber, Jay, das nimmt uns doch im Leben niemand ab. Und ..." Sie versuchte, für sich selbst eine Ausrede zu finden. Eigentlich hätte sie nichts lieber getan, als die Freundin an der Seite dieses Traummannes zu geben. Er sah sie an, und sie erinnerte sich daran, was er für sie getan hatte. Wäre er nicht aufgetaucht, so wäre nicht sicher gewesen, ob Eden die Nacht bei den eisigen Temperaturen, die sich im mittleren Westen ausbreiteten, überlebt hätte. Und selbst wenn, hätte sie am nächsten Tag geschwächt einen langen Fußmarsch vor sich gehabt, um an irgendeine Art von Hilfe zu gelangen. Jay hatte sie mit in seine Hütte genommen, ihr das Schlafzimmer überlassen und sich um sie gekümmert. Er war unglaublich nett zu ihr gewesen und sah obendrein höllisch gut aus. Wer würde sich also was vergeben, wenn sie wirklich für ein paar Tage seine Freundin spielte und ihm aus der Patsche half. Außerdem würde sie so noch weitere private Einblicke in das Leben der Prestons erhalten, die sie eventuell in ihrem Artikel verarbeiten konnte. Und sie hatte ihm zweimal versichert, er habe etwas bei ihr gut.

„Also ... okay", sagte sie und blickte ihn an. Der Gedanke, für die nächsten Tage die Freundin eines echten Adeligen zu sein, der noch dazu aussah wie der Traum ihrer schlaflosen Nächte, bescherte ihr Bauchkribbeln. Sie hätte es wirklich schlimmer erwischen können.

„Danke, Eden. Sie sind ein Schatz. Wollen wir wieder nach unten gehen?" Jay griff nach dem Türknauf.

„Warten Sie. Sollten wir zuvor nicht lieber einige Details klären?"
Jay sah sie fragend an. „Was für Details?"

„Na ja, Ihre Familie wird sicher wissen wollen, woher wir uns kennen und seit wann. Außerdem sollten wir die wichtigsten Eckdaten voneinander wissen und auf jeden Fall das ‚Sie' weglassen."

„Da hast du recht", sagte Jay, nahm sie bei der Hand und sie setzten sich aufs Bett. Ein Kribbeln durchzuckte sie bei der Berührung. Er sah sie an, und Eden fiel erneut auf, was für ein wunderschöner Mann Jay doch war. Und ganz obendrein noch – ein echter Prinz!

„Also, mein Name ist John James Preston III, mein Geburtstag ist der 8. April und ich bin Offizier der britischen Luftstreitkräfte. Ich mag Sport – besonders laufen und klettern –, interessiere mich für Filme und Musik. Ich liebe Cheeseburger und Steaks und hasse Grünkohl." Er zwinkerte ihr zu. „Meine Familie und meine Herkunft kennst du ja bereits und ich bin ein absoluter Tiernarr. Und du?"

Eden schluckte. Jay passte genau in das Muster, das sie von ihrem Traummann zeichnete. Gut aussehend, intelligent, sportlich, humorvoll, tierlieb. Ein Mann, mit dem man sich beim Sport genauso auspowern konnte, wie auf der Couch bei einem guten Film relaxen. Dass Courtney ihn nur ausgenutzt hatte, um an Prinz Harry zu gelangen, dem Jay ihrer Meinung nach nicht annähernd das Wasser reichen konnte, konnte sie sich nicht erklären. Aufmerksam sah Jay sie an, als sie bemerkte, dass sie schon eine ganze Weile lang nur dasaß und ihn anblickte. Sie räusperte sich. „Mein Name ist Eden Jones, ich bin dreiunddreißig und mein Geburtstag ist der 3. Juli. Ich arbeite als Schriftstellerin, lebe in Manhattan und bin seit Mai Single." Ihr war bewusst, dass sie sich auf dünnes Eis begab, indem sie Jay wegen ihres Jobs anlog, aber hätte sie ihm auf die Nase gebunden, dass sie Reporterin für eines der größten Frauenmagazine der Staaten war und im Moment herauszufinden gedachte, welcher Preston-Prinz sich wann mit wem und wo verlobte, hätte er sie sofort hochkant hinausgeworfen und ihre Story wäre den Bach hinuntergegangen. „Ich habe eine Schwäche für alles Ungesunde – und kann Steaks und Burgern wohl genauso viel abgewinnen wie du. Außerdem liebe ich allen Süßkram, den du dir vorstellen kannst. Meine größte Schwäche sind die weißen Peanut Butter Cups von Reese's. Ich esse etwa zehn davon, wenn ich einen harten Tag hinter mir habe. Und nach meiner Trennung habe ich vermutlich eine ganze Lastwagenladung davon verdrückt." Sie lächelte. „Ich finde Tiere ebenfalls toll und möchte mir, sobald ich aus meinem kleinen Appartement in Manhattan raus bin, unbedingt einen Hund und zwei, drei Katzen aus dem Tierheim holen."

„Wow, du bist Autorin?", fragte Jay. Er wirkte beeindruckt.

„Was schreibst du?"

„Ach, so dies und das", begann Eden, bemerkte aber, dass Jay sich mit dieser Antwort nicht zufriedengeben würde. „Liebesromane, ich schreibe Liebesromane", schoss sie schließlich nach.

„Wirklich? Ich würde gern mal etwas von dir lesen. Schreibst du unter einem Pseudonym? Oder unter deinem Realnamen?"

„Also mein erster Roman erscheint im Januar ... unter meinem Realnamen. Wenn du möchtest, kann ich dir dann ein Exemplar zukommen lassen", schwindelte sie weiter. Sie hoffte, Jay mit dieser Antwort besänftigen zu können, und war überrascht darüber, wie einfach ihr all diese Lügen über die Lippen kamen. Und ein bisschen schämte sie sich dafür, dass sie diesem großherzigen Menschen so dreist ins Gesicht log.

„Klingt super. Aber nur, wenn du es für mich signierst."

„Ist doch Ehrensache." Sie lächelte ihn an. „Wir sollten dann noch klären, wie und wann wir zusammengekommen sind."

„Stimmt, das werden sie uns bestimmt fragen. Hast du Ideen?"

„Nicht wirklich. Wo könnten wir uns über den Weg gelaufen sein?" Eden überlegte. Die vergangenen Monate hatte sie eigentlich nur damit verbracht, zu arbeiten. Sie hatte sich von Trey getrennt, sich eine Wohnung gesucht, gemeinsam mit Ginger diesen Onlinedating-Report erstellt und gearbeitet, gearbeitet, gearbeitet. Kein Wunder, dass sie an keinen Kerl kam. „Was hältst du davon, wenn wir so weit wie möglich an der Wahrheit bleiben und ihnen erzählen, wir hätten uns kennengelernt, als ich eine Panne mit meinem Wagen hatte."

„Klingt prima. Und ich trete gern als helfender Ritter in strahlender Rüstung auf." Jay lächelte Eden warmherzig an und sie verspürte erneut den Anflug eines Kribbelns in ihrer Magengegend.

„Prima. Dann machen wir das so, und statt tiefster Winter war es ... Juli. Ein Sommerregen, mitten in der Nacht."

„Trifft sich prima, ich war im Juli sogar in den Staaten. Hab mit einem Kumpel eine Eastcoast-to-Westcoast-Tour gemacht. Dann hast du mich eben begleitet und seither sind wir ein Herz und eine Seele." Die Worte „ein Herz und eine Seele" äffte er Courtney nach und setzte sie in Gänsefüßchen.

„Abgemacht." Eden schenkte Jay ein Lächeln. Sie wollte aufstehen und zur Tür gehen, doch im nächsten Moment spürte sie, wie Jays Hand nach ihrem Arm griff und sie zurückzog. Sie ließ sich neuerlich aufs Bett sinken und sah ihn für einen Augenblick an, bevor er sie in seine Arme riss und küsste.

Der Kuss kam einer Explosion gleich. Eden war seit Ewigkeiten nicht mehr geküsst worden, und so, wie sie jetzt geküsst wurde, war sie noch nie in ihrem Leben geküsst worden. Treys Küsse waren mit der Zeit weniger und weniger geworden, und selbst als sie beide erst kurz ein Paar waren, hatten seine Küsse niemals diese Leidenschaft, dieses Animalische gehabt, was Jay ihr jetzt vermittelte. Seine Lippen hingen gierig an den ihren, saugten sich daran fest und seine Zunge spielte mit ihrer. Er drückte sie sanft nach hinten, kam über sie, nahm sie völlig für sich ein. Sie spürte seine Hände überall an ihrem Körper, sie spürte ihn auf sich, wollte mit ihm verschmelzen und wünschte sich, dieser Kuss möge niemals enden. Sie spürte eine gigantische Erektion, die sich an ihre Hüfte presste, und Jays heißen Atem. Ein bittersüßer Schmerz stellte sich ein, als Jay schließlich doch seine Lippen von Edens nahm.

„Wofür … ich meine, warum …" Sie war verwirrt, alles in ihr kribbelte, und sie versuchte, ihr Haar wieder in Ordnung zu bringen.

„Tut mir leid, dass ich dich so überfallen habe, Eden, aber da unten hängen überall Mistelzweige herum. Wenn wir unter einem stehen und unser erster Kuss vor meinen Eltern, Alex und Courtney stattfindet, dann könnte einer von ihnen spitzkriegen, dass wir uns zuvor noch nie geküsst haben." Er sah sie verschmitzt an.

„Klar, deswegen." Eden zwinkerte ihm zu. Sie hatte festgestellt, dass es zwischen ihnen beiden eine ganz besondere Chemie gab, so, als würden sie sich schon ewig kennen, hütete sich aber davor, zu viel hineinzuinterpretieren. Männer wie Jay waren für gewöhnlich nicht Edens Kaliber. Schon nicht, wenn es Normalsterbliche waren, und erst recht nicht, wenn es sich um einen echten Prinzen handelte. Sie hätte vermutlich mehr

Chancen gehabt, Brad Pitt abzuschleppen, der zumindest auf demselben Kontinent lebte wie sie, anstatt John James Preston III.

Wenig später saß Eden gemeinsam mit Jay und seiner Familie um einen reichlich gedeckten Tisch beim Brunch im Esszimmer des Anwesens. Jays Familie war wundervoll und vor allem Herzogin Helen hatte Eden sofort ins Herz geschlossen.

„Ich finde es großartig, dass unsere beiden Söhne die Feiertage mit ihren Herzdamen an ihrer Seite bei uns verbringen werden", sagte sie und hielt ein Glas Champagner in die Höhe, auf das alle zuprosteten. „Bei Alex wussten wir ja, dass seit einiger Zeit eine Frau sein Herz erobert hatte, aber Jay hat sich da ziemlich bedeckt gehalten, was ich überhaupt nicht verstehen kann."

„Nun, weißt du, Mum", begann Jay, „Eden ist etwas ganz Besonderes. Und ich bin jetzt in einem Alter, in dem ich keine Zeit mehr für Spielchen habe. Ich wollte mir zum einen erst ganz sicher sein, dass wir beide füreinander bestimmt sind. Und zum anderen wollte ich die Zeit mit ihr allein genießen, so lange, wie sie dauert. Dass die Presse sich auf einen stürzt, sobald eine Beziehung an die Öffentlichkeit kommt, ist ja bekannt." Er legte seine Hand auf Edens und sah sie verliebt an. Eden konnte gar nicht glauben, wie gut Jay schauspielern konnte. Gleichzeitig nahm sie bitter den Seitenhieb auf die Presse wahr. Ihr war längst bewusst geworden, dass sie wohl einen Fehler gemacht hatte. Würde Jay dahinterkommen, dass sie nicht nur eine Journalistin anstatt einer Autorin war, die obendrein noch nur aus dem Zweck in sein Leben getreten war, um herauszubekommen, was es mit der Verlobung auf sich hatte, würde sie für immer in Ungnade fallen. Außerdem entging ihr der eifersüchtige Blick nicht, den Courtney ihr zuwarf.

„Das kann ich gut verstehen. Ihr seid übrigens ein sehr hübsches Paar", bestätigte Helen Preston, dann wandte sie sich an Alex. „Und jetzt erzählt ihr beide mal, wann habt ihr vor, zu heiraten? Wir müssen nach den Feiertagen wohl oder übel eine Pressekonferenz geben, um eure Verlobung bekannt zu geben."

„Wir dachten an eine Hochzeit im Mai, nicht wahr, Schatz?", sagte Alex.

„Genau. Ich will alles so wie bei William und Kate damals, nur noch größer. In der St. Pauls Cathedral."

„Möchtet ihr denn nicht in der Saint Walburges Church bei uns in Preston heiraten?", fragte der Herzog. „Der Empfang könnte dann auf unserem Anwesen stattfinden und …"

„Nein. Ich will eine Hochzeit wie die von Will und Kate. Alex weiß das, nicht wahr, Liebling?"

Alex sah seine Eltern peinlich berührt an. „Ich denke, es wäre gar nicht so übel, in London zu heiraten, meint ihr nicht?", fragte er unsicher. „Wir haben doch auch dort einen Landsitz, auf dem der Empfang stattfinden kann? Und die Reporter verlaufen sich in London eher, als sie es in Preston tun."

„Lasst uns darüber nach den Feiertagen sprechen", sagte Helen. „Jetzt wollen wir erst einmal das Weihnachtsfest genießen. Heute Nachmittag fahren wir in die Stadt und besorgen Weihnachtsschmuck, damit wir den Baum im Wohnzimmer am Nachmittag dekorieren können. Es ist zwar noch etwas davon auf dem Speicher, aber der Löwenanteil des Schmucks ist in Aspen, das heißt, wir benötigen neuen. Bei der Gelegenheit können wir gleich Besorgungen machen und uns mit Dingen eindecken, die wir in den nächsten Tagen brauchen werden. Ich schlage vor, die Männer kümmern sich um den Baum, und wir Frauen machen uns auf, um unsere Besorgungen zu erledigen."

„Das trifft sich gut. Nachdem ich vom Flughafen immer noch nichts gehört habe, was mein Gepäck betrifft, kann es nicht schaden, zumindest ein paar Kleinigkeiten in der Stadt zu besorgen", sagte Eden. Sie hatte sich zuvor zwar in Jays Badezimmer etwas zurechtgemacht und frisch geduscht, doch langsam wollte sie doch aus den Klamotten raus, die sie am Leib hatte und die sich mittlerweile anfühlten, als wäre sie darin zur Welt gekommen.

„O Kindchen, ist dein Gepäck etwa verloren gegangen?", fragte Helen.

„Leider ja. Eigentlich sollte es heute Morgen mit dem nächsten Flug aus Florida ankommen, wo es irrtümlich gelandet ist, aber als ich vorhin am Flughafen angerufen habe, sagte man mir, es wäre noch unterwegs. Ich befürchte, dass es sich länger hinziehen wird, bis mein Koffer mir nachfolgt."

„Ach, das ist natürlich ärgerlich", sagte Helen. „Aber umso mehr ein Grund, dass wir uns jetzt aufmachen und in die Stadt fahren."

***

Eine Stunde später ging Eden gemeinsam mit Helen und Courtney die Main Street von Fellow Springs, dem Örtchen, in das es sie in der letzten Nacht verschlagen hatte, entlang. Die kleine Stadt lag zwischen Denver und Aspen und wirkte wie eine verschlafene kleine Ortschaft aus einem Roman. Eden fand es bemerkenswert, dass Helen, die in Europa bestimmt bekannt war wie ein bunter Hund, hier so ohne Weiteres auf der Straße entlanglaufen konnte. Hier im Mittelwesten der USA hatte man wohl ganz andere Probleme als europäische Royals, erst recht so kurz vor Weihnachten. Einige Schritte hinter ihnen lief jedoch sicherheitshalber Sawyer, der Leibwächter der Prestons, der einschreiten würde, sollte etwas Unvorhergesehenes passieren.

„Ich bin wirklich glücklich, dass wir dieses Weihnachtsfest als Familie feiern", sagte Helen, „und noch viel mehr, dass meine beiden Söhne so wunderbare Frauen an ihrer Seite haben."

„Gleich nach den Feiertagen müssen wir beginnen, die Hochzeit zu planen", sagte Courtney. Eden hatte bei ihr das Gefühl, als könnte sie sie nicht leiden. Ständig sah Courtney sie abfällig von der Seite an und schnaubte verächtlich, wenn sie etwas sagte. Allerdings musste sie auch zugeben, dass dieses Gefühl auf Gegenseitigkeit beruhte. Während sie sich mit dem Rest von Jays Familie blendend verstand, wurde sie mit der aufgetakelten Courtney absolut nicht warm.

„Dafür haben wir jede Menge Zeit. Jetzt wollen wir uns erst einmal auf das Weihnachtsfest konzentrieren, meinst du nicht?", sagte Helen und blieb vor einer Auslage stehen, in der handgemachter Weihnachtsschmuck ausgestellt wurde.

„Du hast uns noch gar nicht erzählt, woher du abstammst, Eden", sagte Courtney plötzlich. „Soweit ich weiß, gibt es in den Staaten keinen alten Adel mehr. Ich selbst stamme von den

Gallaghers in Southhampton ab. Meine Eltern sind Lord und Lady Gallagher."

„Ich … stamme von keinem Adelsgeschlecht ab", sagte Eden mit fester Stimme. Ihr war deutlich bewusst, dass Courtney damit eine Spitze gegen sie abgeben wollte. „Mein Vater ist Bauingenieur und meine Mutter Krankenschwester", sagte sie. Sie hatte absolut keinen Grund, sich ihrer Herkunft wegen zu schämen.

„Oh", machte Courtney und wirkte dabei so angeekelt, als habe Eden ihr einen Teller voll Würmer zum Essen angeboten.

„Es ist völlig unerheblich, ob Eden von einem Adelsgeschlecht abstammt oder nicht, Courtney", sagte Helen. „Wir leben nicht mehr im 17. Jahrhundert, Gott sei Dank kann heute jeder ehelichen, wen er will."

„Stimmt schon. William hat sich ja auch eine Bürgerliche geschnappt. Und Harry erst. Eine Bürgerliche, die obendrein noch geschieden ist. Mal sehen, wie lange diese Sache gut geht. Ich bin ja der Meinung, dass es keine gute Idee ist, wenn wir uns zu sehr mit dem gemeinen Volk vermischen. Aber Will und Harry werden schon noch sehen, was sie davon haben. Vielleicht eine Scheidung wie der Herr Papa?" Wieder eines der verächtlichen Schnauben, die Eden Courtney mittlerweile als Markenzeichen andichtete. Eden bemerkte, wie Helen die Augen verdrehte, aber nicht auf Courtneys Gemecker einging. Stattdessen wechselte sie das Thema.

„Habt ihr beide denn schon über eine Ehe gesprochen, du und John James?", fragte Helen jetzt an Eden gewandt. Augenblicklich stieg ihr die Schamesröte ins Gesicht. Es kam ihr verrückt vor, mit der Herzogin von Preston über eine Hochzeit zwischen sich selbst und Jay zu sprechen. Das war … so unlogisch, als würden der Papst und Miley Cirus vor den Altar treten.

„O nein, natürlich noch nicht. Wir … kennen uns doch erst ein paar Monate."

„Aber dennoch passt ihr perfekt zueinander. Man spürt die Chemie zwischen euch beiden förmlich. Genauso war es damals bei John und mir auch, als wir uns kennengelernt haben. Es ist das erste Mal, dass Jay diese besondere Verliebtheit ausstrahlt, wie er es tut, wenn er in deiner Nähe ist." Eden grinste in sich hinein. Nachdem Courtney die Exverlobte von Jay war, hatte Helen ihr Gezeter über Adelige und Bürgerliche jetzt perfekt gekontert.

„Findest du wirklich?", mischte Courtney sich ein. „Also ich finde ja, die beiden passen überhaupt nicht zusammen. Und wenn ich ehrlich bin – und damit will ich dir nicht zu nahe treten, Schätzchen – ich glaube, du bist für John James nur eine schnelle Ablenkung. Er ist wohl über seine letzte Beziehung noch nicht ganz hinweg. Das ist jetzt wirklich nichts gegen dich. Ich meine, es muss auch Bauingenieure und Krankenschwestern geben und ihr seid natürlich genauso viel wert wie wir, aber ich würde mir an deiner Stelle keine Hoffnungen darauf machen, dass du in absehbarer Zeit Johns Prinzessin wirst. Er ist ganz andere Kaliber gewohnt." Sie hängte an ihre Beleidigung noch ein fieses Grinsen an, so, als wollte sie das, was sie soeben gesagt hatte, damit entschärfen.

„Courtney, ich muss dich doch bitten, deine Worte etwas zu mäßigen", sagte Helen. „Ich für meinen Teil finde, dass John James und Eden ein wunderbares Paar abgeben. Und ich spreche auch im Namen von Johns Vater, wenn ich sage, dass wir uns sehr darüber freuen, dass ihr beide zueinandergefunden habt."

„Danke, Lady Preston", sagte Eden. Die Beleidigungssalve von Courtney hatte sie ganz schön erwischt, auch wenn sie sich mittendrin immer wieder gesagt hatte, dass das alles ohnehin nur Show war. Und dass sie am Ende mit einer saftigen Story und einer dicken fetten Beförderung nach Hause fliegen würde.

„Und nenn mich bitte Helen, immerhin gehörst du jetzt zur Familie."

Einige Zeit später befand Eden sich in einer kleinen Boutique, in der sie sich das Nötigste für die kommenden Tage kaufen wollte. Sie hatte zwischenzeitlich am Flughafen angerufen und erfahren, dass ihr Gepäck zwar mittlerweile aus Florida abgeholt, jedoch statt nach Denver nach New York geflogen worden war. Im Augenblick war das Gepäck bereits das zweite Mal auf dem Weg zu ihr, und sie hoffte inständig, dass ihr Koffer demnächst tatsächlich ankam. Sie hinterließ die Adresse von Preston Manor und bat die Angestellte der Airline, ihren

Koffer dorthin zu bringen, sollte er demnächst auftauchen. Sie rief ihre Mutter an und erklärte, dass es ihr gut ging, sparte das Detail, dass sie sich auf einem königlichen Anwesen befand und die Alibifreundin eines echten Prinzen war, aber aus. Würde sie ihre Mutter einweihen, würde sich wie ein Lauffeuer in den Vereinigten Staaten verbreiten, dass Eden die nächste Prinzessin Diana werden und einen echten Prinzen heiraten würde – und vermutlich schon im zwölften Monat schwanger war. Außerdem bereitete sie sie bereits jetzt darauf vor, dass es gut möglich war, dass sie die Feiertage nicht wie geplant in Boston verbrachte. Dann wählte sie Gingers Nummer.

„Hallo?"

„Ginger? Ich bin's, Eden?"

„Eden, großer Gott, wo steckst du? Wir haben uns schon Sorgen um dich gemacht. Dein Handy war dauernd aus."

„Ja, ich weiß. Ich hatte eine kleine Pannenserie. Mein Gepäck ist anstatt nach Denver nach Florida geflogen. Dann war meine Reservierung für den Mietwagen verschwunden, und der Typ bei Budget hat mir einen Toyota gegeben, bei dem ständig der Motor ausging. So bin ich gestern Nacht vom Weg abgekommen und einen Hang hinuntergerollt. Ein Typ hat mich aufgelesen und über Nacht in seine Jagdhütte mitgenommen."

„Na, sieh mal einer an." Ginger grinste. „Da habt ihr den Schnee sicherlich schnell zum Schmelzen gebracht, nicht?"

„Blödsinn." Eden lachte.

„Hast du schon Infos wegen dem Euro-Prinzen?"

„Sitzt du gerade?"

„Ähm … ja, wieso?"

„Dann halt dich fest: Ich bin auf dem Anwesen der Prestons und Jay … also John James, der ältere Sohn, der mich übrigens gestern Nacht gerettet hat, hat mich als seine Freundin ausgegeben, weil die Verlobte seines Bruders Alexander Jays Exverlobte ist."

Ginger am anderen Ende der Leitung sagte nichts.

„Ginger? Bist du noch da?"

„Das ist doch jetzt wohl ein Scherz, oder?", fragte sie.

„Überhaupt nicht", sagte Eden, „ich konnte es ja selbst kaum glauben, und Jay hat mir zu Anfang auch nicht gesagt, dass er der Prinz aus Großbritannien ist, ich dachte, er ist ein ganz normaler Kerl. Ich bin erst dahintergekommen, um wen es sich bei ihm handelt, als wir das Anwesen der Familie hier betreten haben."

„Aber die Familie sollte doch in Aspen sein, oder?", fragte Ginger.

„Stimmt. Aber wegen des Trubels, den die Verlobung wohl ausgelöst hat, sind sie hierher ausgewichen. Sie wollten … keine Reporter um sich haben." Eden hörte, wie Ginger seufzte.

„Ich glaube es nicht", sagte sie schließlich. „Und du dachtest, du müsstest Heiligabend in einem abgewohnten Motel mitten im Nirgendwo verbringen. Sieht er denn gut aus?"

„Wer?"

„Na, dein Prinz."

„O ja. Viel zu gut. Und er ist so nett. Bislang war ich ja immer der Meinung, Royals wären altbackene, merkwürdige Zeitgenossen, die in alten Gemäuern herumirren und sich überspitzt über die Polo-Saison unterhalten." Sie kicherte. „Aber Jay ist anders. Er hat im Sommer einen Trip quer durch die Staaten gemacht – und ist mit dem Motorrad die Route 66 entlanggefahren. Er wirkt überhaupt nicht wie ein steifer Royal mit Krönchen auf dem Kopf."

„Dann sieh zu, dass du seine Prinzessin wirst."

„Niemals. Männer wie Jay sind andere Kaliber von Frauen gewohnt, als ich eines bin, glaub mir. Außerdem ist diese Courtney wahrscheinlich jetzt schon froh, wenn ich mich wieder vom Acker mache. Ich nutze meine Position nur, um Dean die Story des Jahrhunderts zu liefern. Der erwartet ja schließlich, dass wir rausbekommen, mit wem Alex sich verlobt, und wäre vermutlich schon mit einem unscharfen, verschwommenen Foto zufrieden, auf dem man nichts und niemanden erkennen kann. Ich liefere ihm die Rundumstory auf dem Silbertablett. Alle Namen, alle Details. Wer diese Courtney ist und welche Verbindung sie zu Jay hat." Eden hatte sich in Motivation geredet und war sich sicher, dass sie Dean vom Hocker hauen würde.

„Eden?"

„Ja?"

„Meinst du nicht, dass zwischen dir und Jay … Ich meine, überleg dir gut, was du tust. Nicht, dass da etwas zerstört wird, was … Bei mir und Adam war es ungefähr genauso und das hätte uns fast unsere Beziehung gekostet."

„Ach, Quatsch. Wenn du den Typen sehen würdest, Ginger, der sieht so unglaublich gut aus, dass er drei Ligen über mir spielt. Selbst Connor Jenkins wirkt neben ihm wie ein langweiliger Waisenknabe. Und außerdem hat ein Adliger wie er ohnehin andere Vorstellungen von seiner Traumfrau, oder meinst du wirklich, er würde sich eine rasende Reporterin aus Manhattan aufgabeln?"

„Immerhin hat Prinz Harry sich eine amerikanische Schauspielerin geangelt", sinnierte Ginger.

„Ja, aber das hier ist etwas anderes. Wir haben eine Abmachung. Und ich habe ihm was geschuldet, immerhin hat er mir das Leben gerettet."

„Dann viel Erfolg. Und lass wieder von dir hören."

„Mach ich, danke. Und grüß Adam von mir."

Eden legte auf. Sie war absolut guter Dinge, als sie jetzt im Laden umherflanierte und sich für die nächsten paar Tage einkleidete. Und als sie den Laden verließ, hatte sie nicht nur Jeans, Pullis, Kleider und Blusen für die nächsten Tage eingepackt, sondern auch noch einen süßen Anhänger in Knochenform für Asterix' Halsband, der ja eigentlich dafür verantwortlich war, dass Eden jetzt vor der Story ihres Lebens stand.

SECHS

Als Helen, Eden und Courtney von ihrem Einkaufsbummel zurückkamen, dämmerte es bereits. Das Anwesen der Prestons erschien in einem wahren Lichterglanz, und Eden konnte gar nicht glauben, was hier eigentlich passierte. Während alle anderen Reporter in Aspen auf die Ankunft der Prestons warteten, war sie hier in Fellow Springs direkt mitten im Geschehen. Und niemand sonst wusste davon. Als sie aus dem Wagen ausstieg, der sie in die Stadt gebracht hatte, erfüllte sie etwas wie Weihnachtsstimmung, die ihr bisher versagt geblieben war. Nachdem sie einem eher tristen Fest – ohne Partner – entgegengesehen hatte, war sie von Dean auch noch zum Arbeiten abkommandiert worden. Im Leben nicht hätte sie erwartet, dass sich doch noch etwas weihnachtliche Vorfreude in ihr breitmachen würde. Doch als sie das so festlich beleuchtete Haus jetzt sah, das wie im Märchen in verschneiter Landschaft vor ihr stand, kribbelte es leicht in ihrem Bauch.

„Lasst uns reingehen und zu Abend essen. Im Anschluss daran schmücken wir den Baum, was meint ihr?", fragte Helen. Im nächsten Moment wurde die Tür geöffnet.

„Ihr seid wieder zurück." Alex trat ins Freie und kam auf Courtney zu. Er zog sie in ihre Arme und küsste sie, als Eden merkte, dass sie sich irgendwie verkrampfte. Sie schüttelte kurz den Kopf. Vielleicht hatte sie sich das Ganze auch eingebildet. Nur, weil Alex und Courtney optisch so wenig zueinanderpassten, musste es noch lange nicht heißen, dass sie ihn nicht liebte. Alex war vielleicht lustig und charmant und … sie musste jetzt ihren Reporterspürsinn anschalten und durfte sich bloß nicht von Dingen täuschen lassen, die sie sich einbildete. Sie war gerade dabei, ihre Tüten aus dem Kofferraum zu holen, als ein Bediensteter des Hauses sie ihr abnahm.

„Ich bringe Ihre Einkäufe in das Schlafzimmer von Ihnen und Prinz John", sagte er und marschierte kerzengerade mit Edens Tüten davon. Da fiel es ihr auch schon wie Schuppen von den Augen. Sie und Jay würden sich ein Schlafzimmer teilen müssen! Sie waren zwar zuvor schon auf Jays Zimmer gewesen, doch im Eifer des Gefechts hatte Eden völlig vergessen, die Schlafsituation mit ihm abzuklären. Darauf zu bestehen, ein eigenes Zimmer zu bekommen, war lächerlich. Niemand würde ihnen beiden abkaufen, dass sie ein Paar waren, wenn sie getrennte Schlafzimmer verlangten.

Jay saß an seinem Schreibtisch, als Eden skeptisch eintrat. Er sah auf, und seine Gesichtszüge, die zuvor noch konzentriert waren, verzogen sich zu einem Lächeln.

„Na, wie war der Einkaufsbummel?", fragte er.

„Ausgiebig, wie man sieht", sagte Eden und deutete auf die Tüten. Ihr Koffer hatte es immer noch nicht nach Fellow Springs geschafft.

„Ähm, Jay …", begann sie. Sie wollte die Bettensituation so schnell wie möglich klären. Bei dem Gedanken, die Nacht mit einem leibhaftigen Prinzen von Jays Kaliber im selben Zimmer zu verbringen, der aussah wie ein Gottesgeschenk an die Weiblichkeit, wurde ihr ganz heiß.

„Ja?" Jay drehte sich um. Dieser Mann war wirklich traumhaft. Wie konnte ein Mann nur so traumhaft sein wie er? Bei Jay bekam das Wort „Traumprinz" eine völlig neue Dimension. Dass er selbst keine Freundin hatte und zuvor mit einer Gewitterziege wie Courtney liiert gewesen war, verstand Eden überhaupt nicht.

„Ich … habe mir Gedanken darüber gemacht, wie wir …" Ihr Blick fiel auf das große Bett, das im linken Bereich des Raumes stand und unglaublich einladend wirkte. Das Bett, auf dem sie beide sich vor ein paar Stunden schon so nah gekommen waren. Gut und gerne hätten Eden und Jay samt einer ganzen Footballmannschaft darin Platz gefunden. Doch der Gedanke, mit einem echten Prinzen nicht nur in einem Zimmer schlafen zu müssen, sondern auch noch das Bett mit ihm zu teilen, bereitete ihr Unbehagen.

„Ich werde einfach die Couch nehmen", sagte Jay und deutete auf eine große Couch am anderen Ende des Raumes, die nicht minder bequem aussah.

„Ich kann die Couch nehmen", bot Eden sich an. „Immerhin hast du mir bereits gestern das Schlafzimmer überlassen. Langsam bekomme ich ein schlechtes Gewissen, wenn ich dich dauernd aus deinem Bett vertreibe." Es war ihr nicht recht, dass sie Jay aus seinem Bett vertrieb – schon wieder.

„Keine Widerrede, ich nehme die Couch, immerhin habe ich dich ja dazu überredet, meine Freundin zu spielen", sagte Jay. „Natürlich nur, wenn es für dich in Ordnung ist. Ich könnte mich sonst auch nachts in eines der Gästezimmer schleichen, wenn du das Zimmer für dich allein haben möchtest. Dann komme ich jeden Morgen in aller Herrgottsfrühe herein und …"

„Nein, das ist bestimmt nicht nötig", sagte Eden und fragte sich, ob sie völlig verrückt geworden war. Sie hatte sich gerade selbst um die Möglichkeit gebracht, mit John James Preston III im selben Bett zu schlafen.

„Gut, dann wäre das geklärt. Wenn du möchtest, kannst du dich jetzt noch etwas frisch machen, ich glaube, das Abendessen wird gleich serviert. Und dann wollen wir den Baum schmücken. Ganz große Familientradition." Er zwinkerte ihr zu, ehe er den Raum verließ.

***

„Wow, Eden, du siehst großartig aus." Jay wirkte aufrichtig, als Eden einige Zeit später ins Wohnzimmer kam. Die Familie hatte sich bereits dort versammelt und wirkte entspannt. Er stand auf und kam auf sie zu, legte seinen Arm um sie und führte sie zu der großen Couch, die sich in der Mitte des Wohnzimmers befand. Ein wohliges Feuer brannte im Kamin, es duftete weihnachtlich nach Orangen, Nelken und Zimt und leise Weihnachtsmusik von Frank Sinatra beschallte den Raum.

„Sieh mal einer an, wenn der Dreck abgekratzt ist, sieht sie fast wie ein Mensch aus", warf Courtney gehässig ein und schenkte Eden wieder dieses feiste Grinsen, das sie fast permanent zur Schau trug. Sie hockte auf der Lehne eines breiten Sessels, in dem Alex saß, und schmiegte sich an ihn. Dennoch ließ sie Jay und Eden nicht aus den Augen. Eden hatte längst bemerkt, dass Courtney immer noch an Jay interessiert war. Wieso sonst sollte sie ihren Ex-Verlobten mit Argusaugen anglotzen und seine neue „Freundin" ständig beleidigen? Jays Vater warf Courtney einen mahnenden Blick zu und auch diesen quittierte sie mit ihrem fürchterlichen Grinsen.

„Das Kleid steht dir großartig, Eden, es sieht aus wie für dich gemacht", sagte Helen und lächelte Eden an.

„Vielen Dank." Sie fühlte sich tatsächlich viel besser als in den Sachen, die sie die letzten sechsunddreißig Stunden über getragen hatte. Nachdem sie frisch geduscht war und etwas Make-up aufgelegt hatte, kam sie sich vor wie neu geboren. Jay drückte sie an sich und sie setzten sich. „Du bist wunderschön, Eden", hauchte er ihr ins Ohr, und für einen Moment fragte sie sich, ob das Teil seines Schauspiels war oder ob er sie wirklich „wunderschön" fand.

„Erzähl uns doch etwas von dir, Eden", forderte John James II. sie auf. Eden atmete tief ein. Sie hatte sich vorgenommen, so weit wie möglich bei der Wahrheit zu bleiben, obwohl sich das nicht einfach gestaltete. Alles hier basierte nicht nur auf einer, sondern gleich auf mehreren Lügen. Sie hatte bereits jetzt ganz schön zu tun, sich zu merken, wem sie was wie erzählt hatte, und war ständig in Panik, sich zu verhaspeln oder jemandem etwas zu sagen, was nicht für ihn bestimmt war.

„Also ich stamme aus Boston, lebe seit letztem Frühling in New York und arbeite als Autorin", begann sie. Zumindest zu zwei Dritteln entsprach ihre Aussage der Wahrheit. „Du schreibst Bücher? Welches Genre?" Helen sah sie neugierig an.

„Liebesromane. Romantische Komödien, so im Stil von Bridget Jones", ratterte Eden einen Satz herunter, den sie sich die letzten Stunden ausgedacht und eingeprägt hatte. Würde sie authentisch rüberkommen wollen, musste sie – zumindest, was ihre „Bücher" betraf – sattelfest sein. Sie hatte tatsächlich schon immer mit dem Gedanken gespielt, ein Buch zu schreiben, doch sich schlussendlich niemals wirklich daran gewagt.

„Das klingt ja reizend", sagte Helen. „Ich muss dein Buch unbedingt lesen, wann erscheint es denn?"

„Ende Januar", log Eden, als wäre sie die Schwester des Barons von Münchhausen.

„Und wie heißt es?", ließ Helen nicht locker. Neugierig sah sie die ganze Familie an.

Mist. Einen Titel für ihr fiktives Buch hatte sie sich natürlich nicht überlegt. In ihrem Kopf rasten sämtliche Buchtitel, die sie jemals gehört hatte, wie eine Welle umher und die Familie sah sie bereits fragend an. Es wäre typisch Eden Jones gewesen, wenn sie bereits nur wenige Stunden nach ihrer Ankunft auf Preston Manor total versagen würde.

„Aber Liebling, eine Autorin darf den Titel ihres Buches nicht vor der Veröffentlichung enthüllen, nicht wahr?", fragte John James II. und sah Eden freundlich lächelnd an. Ihr fiel ein Stein vom Herzen. Ihr „Schwiegervater in spe" hatte ihr doch tatsächlich den Arsch gerettet.

„Um ehrlich zu sein, hat der Verlag mir aufgetragen, den Titel tatsächlich vorerst noch für mich zu behalten", pflichtete sie dem Herzog von Preston bei.

„Bei welchem Verlag bist du?", wollte er jetzt wissen. „Wir sind Anteilseigner an einem großen Verlagshaus in Großbritannien. Wäre es nicht lustig, wenn du in einem Partnerverlag unseres Verlages veröffentlichen würdest?"

War das die Möglichkeit? Eden wollte sich am liebsten in ein Loch stürzen, das sich unglücklicherweise jedoch nicht vor ihr auftat. Da hatte sie geglaubt, sie wäre wegen des Titels ungeschoren davongekommen, schon wurde sie nach dem Verlag gefragt, bei dem sie veröffentlichte. Und das es logischerweise überhaupt nicht gab. Sie überlegte, welche Verlagsnamen sie kannte und ob es glaubwürdig erschien, wenn sie Scribner oder einen ähnlich großen Verlag nannte. Im nächsten Moment kam das Dienstmädchen herein, eine attraktive Frau Ende vierzig in der entsprechenden Uniform.

„Das Dinner wäre im großen Speisesaal angerichtet", sagte sie mit etwas Untertänigem in ihrer Stimme.

„Wunderbar. Ich habe einen Bärenhunger", sagte John James II. und erhob sich. „Du erzählst mir bestimmt nachher von deinem Verlag, okay, Eden? Wenn wir wirklich Anteile daran haben, dann bringen wir dein Buch ganz groß in Großbritannien raus, versprochen. Ach Quatsch, das machen wir so oder so. Immerhin bist du die Freundin unseres Sohnes. Dein Buch wird bestimmt ein Bestseller, verlass dich drauf."

„Klar." Eden versuchte, nicht allzu erleichtert zu klingen, als sie ihrem Unglück gerade noch einmal – wenn auch nur für kurze Zeit – von der Schippe gesprungen war. Jetzt musste sie nur noch das Abendessen überstehen, ohne auf ihren „Verlag" angesprochen zu werden, und gleich nach dem Essen recherchieren, welches Verlagshaus wohl Newcomer aus dem Bereich romantische Komödie unter Vertrag nahm – und rein gar nichts mit den Prestons zu tun hatte.

„Wo habt ihr beide euch eigentlich kennengelernt?", fragte Helen, als sie alle um einen reichlich gedeckten Tisch in einem gemütlichen, großen Speisezimmer saßen. Eden und Jay warfen sich einen Blick zu. Sie hatten die Eckpunkte ihres „Kennenlernens" zwar bereits im Vorfeld abgeklärt, aber ob sie damit durchkommen würden, stand noch in den Sternen.

„Ich ... hatte eine Autopanne", begann Eden zaghaft und nahm einen Schluck Champagner, um sich etwas Mut anzutrinken. „Ich habe meine Eltern in Boston besucht und hatte einen Mietwagen bekommen, der laut der Autovermietung ‚Mätzchen' machte." Das Wort „Mätzchen" setzte Eden in Gänsefüßchen. „Diese Mätzchen bestanden darin, dass der Wagen sich alle Naselang von selbst ausschaltete. Man musste ein paar Sekunden warten, ihn wieder anlassen und er schnurrte wie ein Kätzchen." Dass sie ihre Geschichte zumindest in diesem Punkt wahrheitsgemäß wiedergeben konnte, machte es ihr leichter. „Ich wollte an diesem Abend nur noch zurück nach Hause und in mein Bett, ich hatte einen wirklich langen Tag hinter mir und war völlig ausgeknockt", fuhr sie fort. „Aber plötzlich hat der Wagen sich nicht mehr starten lassen. Es hat in Strömen geregnet und die Straßen waren menschenleer, und obwohl es Juli war, war es bitterkalt. Natürlich hatte mein Handy seinen Geist aufgegeben und ich war auf irgendeiner menschenleeren Landstraße irgendwo vor Boston. Ich habe mich schon damit angefreundet, die Nacht wohl am Straßenrand in diesem Wagen zu verbringen, sollte nicht jemand vorbeikommen, der mich aufliest …"

„Und das bin dann ich gewesen", übernahm Jay. Eden war heilfroh. Sie hatte bemerkt, wie es ihr immer schwerer und schwerer gefallen war, flüssig zu sprechen – auch dann, als sie den restlichen Champagner in sich hineingekippt hatte. Ihr war nicht sonderlich wohl dabei, den Herzog und die Herzogin anzulügen … was wiederum lachhaft war. Immerhin war ihr ganzer Aufenthalt hier, ihre Geschichte, sie selbst eine einzige, riesige Lüge.

„Ich war gerade auf dem Weg nach Philly, wo ich mich mit meinem Kumpel Dave treffen wollte, als ich Edens Wagen am Straßenrand entdeckt habe", sagte er. „Sie hatte die Motorhaube geöffnet und ihren Kopf in den Motorraum gesteckt. Bis heute habe ich keine Ahnung, was sie da drin gesucht hat." Liebevoll zog er sie an sich. Eden spürte, wie eine Gänsehaut ihren Rücken hinaufkrabbelte.

„Na ja, ich dachte eben, wenn ich den Ölstand überprüfe, läuft die Elektrik wieder." Sie stieg mit in die Story ein.

„Ich habe also angehalten und gefragt, ob ich helfen kann, und dann … hat mich dieses hübsche Gesicht angesehen. Etwas ölverschmiert." Er lächelte liebevoll. „Und da wusste ich eigentlich, dass es um mich geschehen war. Wir haben Edens Mietwagen abschleppen lassen, und ich habe sie nach Hause gebracht nach New York. Wir sind die halbe Nacht durchgefahren, haben uns in den vier Stunden im Auto über Gott und die Welt unterhalten. Und festgestellt, dass wir so ziemlich auf einer Wellenlänge sind." Jay sah Eden an, und für einen Moment glaubte sie, die Geschichte, die sie beide gerade aufgetischt hatten, wäre Wirklichkeit. Ob es irgendwo auf der Welt wohl eine Frau gab, die so eine wunderbare Märchenstory in echt erlebte? Die so zufällig an ihren Traummann gelangte und ihn dann nicht mehr gehen ließ? Mit ihm glücklich bis ans Ende aller Tage war?

„Auf jeden Fall hat es vom ersten Augenblick an wirklich stark gefunkt", fuhr Jay fort. „Und je näher wir Manhattan gekommen sind, umso nervöser wurde ich. Ich wusste, dass ich diese Frau nicht mehr gehen lassen darf. Wir sind irgendwann weit nach Mitternacht bei ihr angekommen. Also habe ich sie gefragt, ob sie am nächsten Morgen mit mir ausgehen würde. Für mich war klar, dass ich den Trip mit Dave für eine Frau wie Eden würde sausen lassen."

„Mir war auch sofort klar, dass Jay ... Ich meine ... John ... ein ganz besonderer Mann ist", begann Eden. Sie wollte Jay etwas in seiner Geschichte unterstützen.

„Klar. Er ist ein britischer Royal. Ihr Mädchen von der Straße seid doch seit Harry und William alle total heiß auf Prinzen", entfuhr es Courtney.

Bevor Eden etwas erwidern konnte, maßregelte Helen sie.

„Courtney, ich erwarte von dir, dass du dich angemessen verhältst", sagte sie streng und warf ihr einen vernichtenden Blick zu. „Dazu gehört auch, dass du aufhörst, dich ständig über Eden zu mokieren. Ist das klar?"
Courtney senkte den Blick, sagte aber nichts.

„Außerdem hat Eden erst ziemlich spät erfahren, wer ich wirklich bin", fuhr Jay nun wieder fort und blieb dabei so ziemlich bei der Wahrheit. „Es ist unwichtig, ob ich John James III von Preston bin oder Jay, der Typ in einem Chevy, der einen Trip durch die Staaten macht. Eden legt keinen Wert auf irgendwelche Adelstitel oder sonst was. Sie liebt mich, wie ich bin. Und das ist einer der Punkte an ihr, die ich so unglaublich schätze. Dass sie mich meinetwegen liebt. Und nicht etwa, weil ich ein Prinz bin und Geld habe."

Eden wurde warm ums Herz, als Jay seinen letzten Satz herausschmetterte.

„Ich finde, ihr beiden gebt ein wunderschönes Paar ab", begann Helen. „Und wenn ich mir vorstelle, wie in ein paar Jahren eure Kinder hier durch die Hallen laufen und das Haus mit fröhlichem Lachen erfüllen ..."

„Mein Gott, Helen, die beiden kennen sich doch kaum und du willst ihnen schon Kinder andichten?" John James II lachte amüsiert. „Die zwei möchten bestimmt zunächst etwas Zeit zu zweit verbringen. Und unser John ist doch ohnehin ein ruheloser Geist. Um ihn dazu zu bringen, sesshaft zu werden, werden er und Eden bestimmt noch ein paarmal die Welt umrunden." Er lachte. „Allerdings könnte ich mir auch ganz gut vorstellen, wie eure Kinder hier durch die Hallen laufen und es kaum erwarten können, bis der Weihnachtsmann ihre Geschenke bringt."

„Ist ja alles schön und gut, aber zunächst einmal werden Alex und ich die Nächsten sein, die Nachwuchs bekommen", machte Courtney sich bemerkbar. Jays Eltern räusperten sich überrascht.

„Willst du damit etwa sagen, dass ...", begann Helen zaghaft. Eden bemerkte, dass die Prestons nicht gerade begeistert von der Idee waren, dass Courtney bereits jetzt schwanger von Alex war. Vermutlich war es nicht nur die Etikette, die hier gewahrt werden sollte, sondern vielmehr die Tatsache, dass sie mit ihr genauso wenig anfangen konnte wie Eden. Courtney als Mutter der eigenen Enkelkinder stellte Eden sich gruselig vor.

„Nein, ich bin nicht schwanger", plauderte Courtney drauflos. „Noch nicht." Sie warf Alex einen vielsagenden Blick zu. „Aber wir arbeiten daran, nicht wahr, Baby?"

Eden bemerkte einen fast schockierten Gesichtsausdruck bei Jay. Und ihr wurde klar, dass sie eigentlich nur hier war, um Courtney eifersüchtig zu machen. Offensichtlich empfand Jay immer noch etwas für diese schräge Person. Sie durfte sich ja nicht dazu verleiten lassen, sich in etwas hineinzusteigern oder sich gar in Jay zu verlieben. Und sie musste sich auf ihre Story konzentrieren. Von diesem Arrangement hier hatten beide Seiten etwas. Jay wahrte sein Gesicht, indem er Eden als seine Freundin präsentierte. Und Eden ... hatte eine Hammerstory für Glamerica. Ja. Sie würde hier zwar nicht mit einer neuen Liebe rauskommen, dafür aber in jedem Fall mit einer fetten Beförderung.

„Der Abend war sehr gelungen. Es freut uns, dass du bei uns bist, Eden", sagte Helen, als man sich dazu entschieden hatte, kollektiv zu Bett zu gehen. Die Familie hatte den Abend damit verbracht, im Wohnzimmer vor dem Kamin zu sitzen, Kekse zu essen und Tee zu trinken und Weihnachtsmusik zu hören. Da es schon ziemlich spät war, war das Baumschmücken auf den nächsten Tag verschoben worden.

„Ja, das finde ich auch", sagte Eden. „Und es freut mich wirklich, hier sein zu dürfen." Sie war versucht, einen Knicks zu machen, so, wie sie es bisher aus Filmen und Büchern kannte, nahm sich aber im letzten Moment noch zurück.

„Na, wollen wir ins Bett? Ich bin hundemüde." Jay war neben Eden aufgetaucht. Er nahm ihre Hand und führte sie die Treppen hinauf.

„Gute Nacht", sagte Eden zu dem Herzog und der Herzogin von Preston.

„Gute Nacht, ihr zwei", erwiderte Helen und sah den beiden schmunzelnd nach.

„Gute Nacht, Jay", sagte Courtney patzig.

„Meine Eltern können dich gut leiden", sagte Jay, nachdem sie die Tür des Schlafzimmers hinter sich geschlossen hatten. Edens Herz raste. Sie hatte keine Ahnung, was jetzt auf sie zukam, sie wusste nur, dass sie die Nacht mit diesem grenzgenialen Exemplar der Gattung Mann verbringen würde.

„Ich finde deine Familie auch toll", sagte Eden. Sie wollte noch „bis auf Courtney" hinzufügen, fand dann aber, dass sie sich etwas zurückhalten sollte. Zu gerne hätte sie gewusst, was Jay offenbar immer noch an dieser aufdringlichen, unsympathischen, aufgetakelten Schnepfe fand.

Während Eden im Bad gewesen war, hatte Jay sein Nachtlager auf einem breiten Sofa, das gegenüber dem Bett stand, aufgeschlagen. Sie war fast etwas geknickt, als sie feststellte, dass sie beide sich tatsächlich nicht das Bett teilen würden, und mahnte sich erneut, sich bloß nicht in Jay zu verlieben. In weiser Voraussicht hatte Eden bei ihrem Shoppingtrip am Tage auch einen Pyjama gekauft, der so ziemlich das Unsexyeste unter der Sonne darstellte. Das Flanellmonster, das ihr eine Nummer zu groß war, um nur ja keine Kurven abzuzeichnen, war grau und rot gemustert und hatte eine blaue Katze auf der Front des Oberteils. Jay staunte nicht schlecht, als Eden aus dem Bad kam, und konnte sich ein Lachen nicht verkneifen.

„Großer Gott, Eden, wo hast du dieses Monstrum denn her?", fragte er und deutete auf die Katze. „Soll das eine Katze sein?"

Eden sah an sich hinunter. „Ich friere leicht, da kommt mir dieser flauschige Pyjama gerade recht", rechtfertigte sie sich. „Dir ist schon klar, dass dieses Haus hier über eine Heizung verfügt?" Jay grinste.

„Sicher ist sicher." Eden schmunzelte und kletterte ins Bett, als es an der Tür klopfte.

„Jay, bist du da drin?"

„Ist das Courtney?", flüsterte Eden. Ihre Laune sank in den Keller. Auch wenn sie und Jay nicht wirklich ein Paar waren, was ritt diese Person, Edens „Freund" mitten in der Nacht in seinem Schlafzimmer aufzusuchen?

„Einen Moment", sagte Jay und war drauf und dran, zur Tür zu gehen.

„Nicht", intonierte Eden leise. Fragend blickte Jay sie an, und sie deutete auf das improvisierte Bett, das er auf der Couch gemacht hatte.

„Scheiße", flüsterte Jay, „lass uns die Decken und Kissen ins Bad werfen und ihr dann öffnen."

„Was macht ihr denn da drin? Kann ich reinkommen?", rief Courtney von draußen.

„Wir … ähm … müssen uns noch was anziehen, warte einen Moment", rief Eden. Herausfordernd sah sie Jay an, der ein ganz besonderes Glitzern in den Augen hatte. Ein verschmitztes Lächeln umspielte seine Lippen, während er die letzte Decke und ein großes Kissen ins Badezimmer warf und die Tür verschloss. Dann zog er Eden an sich und öffnete die Tür.

„Mein Gott, was treibt ihr hier?", fragte Courtney abfällig und musterte Eden in ihrem Oma-Pyjama. In diesem Moment wünschte sie sich, doch etwas gekauft zu haben, was zumindest ein bisschen ansprechender gewesen wäre als dieser unleidliche Pyjama. Courtney selbst trug ein schwarzes, durchsichtiges Negligé, halterlose Strümpfe und Spitzenunterwäsche. Sie sah aus wie jemand, der soeben einem feuchten Traum eines pubertierenden Schülers entsprungen war. Im Leben nicht hatte Eden sich vorstellen können, dass es tatsächlich eine Frau auf der Welt gab, die sich SO schlafen legte.

„Was können wir für dich tun?", fragte Jay. Eden bemerkte, dass er Courtney fixierte und sie von oben bis unten anstarrte. Trey hatte das oft gemacht, während sie noch zusammen waren. Schon damals hätte ihr auffallen sollen, dass ein Mann, der eine andere anstarrte, während sie an seiner Seite war, nicht der Richtige für sie war. Ein dumpfes Gefühl breitete sich in ihr aus. Niemals würde ihr jemand solche Blicke zuwerfen, wie Jay sie jetzt Courtney zuwarf.

„Ich wollte dir nur die Unterwäsche zeigen, die du mir damals in Paris gekauft hast. Leider … hat es sich ja nicht mehr ergeben, dass ich sie dir noch einmal live vorführe", säuselte sie. Dann warf sie Eden einen neuerlichen, abschätzigen Blick zu. „Wie ich sehe, hast du deine Vorlieben, was Wäsche betrifft, mittlerweile geändert."

Eden kam sich vor wie eine plumpe Planschkuh, und auch Jay tat in den ersten Momenten nichts weiter, als Courtney fast geifernd anzustarren. Dann löste er sich aus seiner Erstarrung.

„Weißt du, Courtney, manche Frauen musst du in heiße Unterwäsche stecken, damit sie einen scharf machen. Eden schafft es sogar, mich völlig wahnsinnig zu machen, wenn sie einen unscheinbaren Pyjama trägt." Jay drehte Edens Gesicht zu seinem, sah ihr in die Augen und küsste sie. Wieder blieb die Welt um sie herum stehen wie damals, als Jay sie am Vormittag das erste Mal geküsst hatte. Er zog sie in seine Arme, und sie spürte, wie er sich an sie drängte. Seine Zunge glitt durch ihre Lippen und verband sich mit der ihren. Ihre Hände verschränkten sich in seinem Nacken und sie bog sich ihm entgegen. Sie vergaß fast, dass Courtney immer noch vor ihnen stand und sie beobachtete. Jay schob Eden ein paar Schritte zur Seite und drückte mit der linken Hand die Tür vor Courtneys Nase zu. Just im nächsten Moment ließ er von Eden ab, und die ganze Magie, die zwischen ihnen existiert hatte, war verschwunden. Er huschte auf leisen Sohlen zur Tür.

„Ich glaube, sie ist weg", intonierte er lautlos, während er seinen rechten Daumen in die Luft reckte.

22. DEZEMBER

SIEBEN

Am nächsten Morgen erwachte Eden aus einem tiefen Schlaf. Langsam öffneten sich ihre Augen, und das Erste, was sie sah, waren Schneeflocken, die munter vom Himmel tanzten und sich auf dem Fenstersims niederließen. Da draußen war der Weihnachtsendspurt in voller Härte angebrochen. Ein wohliges Gefühl breitete sich in ihr aus. Sie würde noch einige Tage an Jays Seite bleiben und herausfinden, ob er etwa noch Gefühle für Courtney hatte. Am Vorabend, als sie so unvermittelt aufgetaucht war, hatte es so ziemlich den Anschein gehabt. Als Eden dann wenige Minuten später – allein – in dem großen Bett lag, war ihr einmal mehr klar geworden, dass sie nicht der Typ Frau war, auf den Männer – Prinzen – wie Jay reagierten. Es hatte sie für einen Moment getroffen, dass sie Jay so derart kaltließ, während er Courtney fast mit den Augen ausgezogen hatte, doch dann war ihr dafür aber klar geworden, dass sie DIE Story des Jahres abliefern konnte, wenn sie noch etwas mehr über die Prestons herausfand. Wen interessierte schon, wem Alex Preston einen Verlobungsring ansteckte, wenn sie den Lesern eine Hintergrundstory liefern konnte, in der es um verschmähte Gefühle und ein eventuelles Liebescomeback ging.

Sie war bester Laune, als sie die Bettdecke zurückschlug und aufstand. Die Couch, auf der Jay die Nacht verbracht hatte, war leer, die Kissen und die Decke sorgfältig aufgebettet. Er war bestimmt schon aufgestanden und zu den anderen hinuntergegangen. Eden würde eine ausgiebige Dusche nehmen und dann einen Tag mit den Prestons verbringen. Vielleicht ergab sich die Möglichkeit, sich irgendwo Notizen zu machen. Hier gab es vieles, was sie in ihren Artikel hätte einarbeiten können. Die warmherzigen, untypisch-royalen Eltern, das abgekühlte Verhältnis zwischen Jay und Alex, und dann auch noch Courtney, die diesen Brüderzwist zweifellos befeuerte. Niemals hätte sie gedacht, dass es so einfach werden würde, die Karriereleiter im Eiltempo hinaufzuklettern.

Eden schlüpfte aus ihrem Pyjama-Oberteil und stieg aus der Hose. Sie besah sich die blaue Katze auf dem hellgrauen Flanellstoff und schmunzelte. Dieser Pyjama war bestimmt das hässlichste Teil unter der Sonne. Sie warf ihn aufs Bett und huschte – nur in Unterwäsche – zur Badezimmertür. Sie war gerade dabei, nach dem Türknauf zu greifen, als die Tür sich öffnete und Jay vor ihr stand. Das Badezimmer hinter ihm war von Wasserdampf eingehüllt, er stand, nur ein Handtuch um die Hüften, vor ihr und schrubbte sich mit einem zweiten Handtuch durchs Haar. Eden blieb die Luft weg, als sie diese durchtrainierte Brust und die Bauchmuskeln so dicht vor Augen hatte. Ein kribbeliges Gefühl breitete sich in ihrer Magengegend aus und in ihrer Beckengegend wurde es heiß. Doch auch Jay schien von dem, was er sah, angetan zu sein. Gerade noch sein Haar trocknend hielt er inne und sah Eden an. Sie spürte förmlich, wie sein Blick auf ihr ruhte, sich seinen Weg von ihrem Gesicht zu ihrer Halsbeuge über ihre Brüste bahnte, wo er einen kurzen Moment verweilte. Dann glitt er weiter zu ihrem Bauch, ihren Beinen.

„Wow", sagten beide im selben Moment wie aus einem Mund.

„Ich … ich dachte, du wärst schon unten, und wollte gerade eine Dusche nehmen", sagte Eden. Es war ihr unangenehm, so entblößt vor Jay zu stehen.

„O nein, ich bin auch erst vorhin aufgewacht. Und weil du noch geschlafen hast, dachte ich, ich nehme eine Dusche, zieh mich an und weck dich dann." Er sah sie immer noch an – intensiver, als es für den Moment geeignet gewesen wäre.

„Okay. Dann … sehen wir uns später unten?", fragte Eden und drängte sich an Jay vorbei, der den Augenblick – und sehr wohl auch den Anblick – genoss. Heiße, feuchte Haut berührte Eden, als sie und Jay sich für einen kurzen Moment sehr nah waren. Dieser Moment brachte sie fast um den Verstand. Ihr Herz begann zu rasen und ihre Knie wurden weich.

„Klar. Wir sehen uns dann unten", sagte er, ohne Eden aus den Augen zu lassen. Sie schloss die Tür und lehnte sich dagegen. Wow. Sie hatte von Anfang an gewusst, dass sie sich zu Jay hingezogen fühlte, doch … diese Begegnung eben hatte sie etwas aus der Bahn geworfen. Sie atmete einmal tief durch, stieg in die Dusche und drehte eiskaltes Wasser auf, um sich wieder etwas abzukühlen.

Wenig später kam Eden frisch geduscht und gestylt die Treppe herunter. Sie hatte sich diesmal besonders viel Mühe mit ihrem Make-up und den Haaren gegeben und versuchte wenigstens immer noch, sich einzureden, dass das nicht daran lag, weil sie und Jay diese „Begegnung der besonderen Art" gehabt hatten, obwohl ihr längst klar war, dass genau das der Grund war. Ihr Gepäck war immer noch unterwegs, aber als sie aus der Dusche gekommen war, hatte ihr ein Mitarbeiter vom Flughafen die Nachricht hinterlassen, dass es in jedem Fall noch an diesem Tag zugestellt werden würde. Sie war froh, bald wieder über das gesamte Repertoire an Klamotten verfügen zu können, das sich in ihrem Koffer befand. Jetzt trug sie Skinny Jeans von Calvin Klein und einen Pulli von Ralph Lauren.

Jay saß an der Theke in der Küche, trank eine Tasse Kaffee und las in der Morgenzeitung, als Eden die Küche betrat. Von den anderen gab es keine Spur.

„Hey", sagte Eden.

„Hey." Jay sah auf und lächelte sie an.

„Wo sind denn alle?"

„Mum und Dad sind eine Runde spazieren gegangen. Sie genießen es, hier so gut wie inkognito zu sein." Er schmunzelte.

„Alex und Courtney sind noch im Bett. Und wie ich Courtney kenne …" Jay brach den Satz ab. Eden war seit letztem Abend klar geworden, dass er immer noch Gefühle für Courtney haben musste – warum auch immer. Sie war laut, aufdringlich und unsympathisch. Und doch musste sie etwas an sich haben, was ihn magisch anzog. Wie auf Kommando hörte man von oben eine Tür ins Schloss fallen und Courtneys widerliches Gekicher. Jay blickte hoch und zog die Stirn kraus. Eden hätte ihn am liebsten geschüttelt und ihn gefragt, was er an dieser peinlichen Schnepfe fand. Einer wie er … würde doch jedes andere Mädchen auf dieser Welt haben können. Liebevollere, warmherzigere Frauen. Aber es lag ja auf der Hand, dass Kerle immer auf diesen gewissen Frauentyp standen, den Courtney zweifelsohne verkörperte.

Eden hörte die beiden die Treppe herunterpoltern, als sie plötzlich Jays Hand um ihre Hüfte spürte. Er zog sie zu sich, setzte sie auf seinen Schoß und umarmte sie. Eden versteifte sich sofort. Es fühlte sich wirklich seltsam an, Jay so nah zu sein und zu wissen, dass rein gar nichts Echtes dahintersteckte. Am liebsten wäre sie von seinem Schoß geklettert, doch … sie hatte sich auf diese Sache eingelassen und sie würde Jay auch nicht im Stich lassen. Sie entspannte sich ein wenig. Lehnte sich an Jays breite Brust und versuchte, das Gefühl von seinem Atem an ihrem Ohr nicht allzu wahr zu nehmen, sondern sich stattdessen auf einen Zeitungsartikel zu konzentrieren, in dem es um den aktuellen Dollar-Kurs ging, der in die Höhe geschossen war.

In dem Moment, als Alex und Courtney in die Küche kamen, zog Jay Eden fester an sich.

„Fertig mit Lesen, Baby?", fragte er, ehe er den beiden ein beiläufiges „Guten Morgen" zuwarf.

„Ja, fertig", sagte Eden.

„Habt ihr gut geschlafen?", fragte Alex.

„Wie ein Stein", antwortete Eden. „Diese Mütze voll Schlaf heute Nacht konnte ich echt gebrauchen."

„Also ich erinnere mich, dass ich nie sehr viel Schlaf bekommen habe, wenn Jay neben mir im Bett lag", warf Courtney ein. Eden biss sich auf die Unterlippe. Zu gerne hätte sie etwas Angemessenes erwidert, doch sie wollte keinen Streit vom Zaun brechen.

„Du weißt doch auch noch, was für heiße Nächte wir beide miteinander verbracht haben, oder?", fragte Courtney an Jay gewandt. Sie kam ganz nah auf ihn zu, sah ihn an und reckte sich dann in die Höhe, sodass ihr Bauch vor seiner Nasenspitze war. Sie holte eine der Pfannen von einem Regal, das sich hinter Jay befand. Eden hatte keine Ahnung, was Courtney mit der Pfanne wollte. Sie war sich sicher, dass sie nicht der Typ war, der sich in der Küche betätigte.

„Wo ist das Dienstmädchen?", fragte sie, während sie die Pfanne ratlos hin und her drehte und tatsächlich den Eindruck vermittelte, als habe sie keine Ahnung, was man damit machte. „Ich habe Hunger. Sollte der Frühstückstisch nicht längst gedeckt sein?"

„Mum und Dad sind noch mit Asterix unterwegs, wir essen, wenn sie zurück sind", sagte Alex.

„Gibt es denn kein Personal, das diese Köter spazieren führen kann", keppelte Courtney unterdessen. „Ich habe JETZT Hunger, Alex."

„Dann mach dir ein Sandwich. Ich bin mir sicher, Mum und Dad sind gleich zurück."

„Ich soll mir ein Sandwich machen?" Courtney sah Alex an, als habe er ihr gerade vorgeschlagen, sie solle den Ärmelkanal durchschwimmen. „Du erwartest von MIR, dass ich mir ein Sandwich mache? Das ist doch nicht dein Ernst, oder? Nach allem, was ich da oben für dich getan habe."

Eden spürte, wie Jay sich versteifte, als Courtney den Sex mit Alex ansprach. Einmal mehr fragte sie sich, was er an so einer widerwärtigen Person reizvoll fand. Dennoch entschloss sie sich, auf Courtney zuzugehen.

„Ich könnte dir Frühstück machen", sagte Eden und kletterte von Jays Schoß.

„Was?" Courtney sah sie an.

„Ich kann dir was zu essen machen", wiederholte Eden. „In New York veranstalte ich für meine Freundinnen und mich oft Brunch. Also wenn du möchtest, schmeiß ich etwas für dich in die Pfanne."

„Ich will zwei pouchierte Eier mit leicht angebratenem Schinken und belgische Waffeln mit Ahornsirup. Den servierst du in einem separaten Gefäß und nicht bereits über die Waffeln gegossen. Und mach zackig, ich bin am Verhungern."

Eden sah Courtney an. Sie hatte nett sein wollen, weil sie wusste, wie es sich anfühlte, wenn man hungrig war und warten musste. Und sie hatte gehofft, dass diese Feindseligkeit, die Courtney ihr gegenüber mehr und mehr ausspielte, sich etwas legte. Sie war davon ausgegangen, dass Courtney sich mit ein paar Pfannkuchen zufriedengeben würde oder mit Eiern und Speck. Aber nicht mit einem Deluxe-Frühstück erster Klasse.

„Klar, kein Problem", sagte sie dennoch. Sie konnte kochen und hatte weder mit pouchierten Eiern noch mit belgischen Waffeln ein Problem.

„Eden, du musst das nicht tun", sagte Jay. „Und Court, zum letzten Mal, Eden ist meine Freundin. Hör auf, sie so herablassend zu behandeln."

„Ich koche ganz gerne", sagte Eden, um den schwelenden Streit zu besänftigen. „Und … wenn ich jetzt loslege, können wir essen, sobald eure Eltern wieder zurück sind, und müssen nicht erst warten, bis die Dienstboten aufgekocht haben."

„Wenn mich jemand sucht, ich bin einstweilen im Wintergarten", sagte Courtney und verließ die Küche.

„Eden, noch mal, du musst nicht …", begann Jay, nachdem Alex seiner Freundin ratlos gefolgt war. Eden drehte sich zu Jay um und sah ihn an.

„Ich weiß. Ich möchte aber."

Dass sie die Nähe zu ihm nicht länger ausgehalten hatte, verschwieg sie ihm. Sie begann, Töpfe, Pfannen und Schüsseln aus den Schränken zu räumen, und inspizierte Kühlschrank und Speisekammer. Die Prestons könnten hier vermutlich die nächsten zwei Monate problemlos mit ihren Nahrungsmitteln überbrücken. Eden begann mit den pouchierten Eiern und begann, Rührei und Pfannkuchen vorzubereiten. Wie selbstverständlich machte sich auch Jay nützlich.

„Ich wusste gar nicht, dass du kochen kannst", fragte Eden beiläufig. Es fühlte sich gut an, gemeinsam mit ihm in der Küche zu stehen und zu kochen.

„Du hast ja keine Ahnung von meinen vielen versteckten Talenten." Jay schmunzelte, während er die ersten Pfannkuchen in der Pfanne schwenkte. „Du wirkst allerdings auch nicht gerade wie die geborene Köchin."

Eden sah ihn von der Seite an.

„Wie darf ich das denn jetzt verstehen?"

„Ich hätte dich eher als Karrierefrau eingestuft." Jay zwinkerte ihr zu.

„Das eine schließt das andere doch nicht aus. Außerdem esse ich ziemlich gerne. Und wenn der Gaumen nach mehr verlangt als einer Pizza und einem Burger, dann muss man eben kreativ werden." Sie warf einen Blick auf alles, was in der Küche gerade köchelte, briet und heiß wurde, und machte sich daran, ein Netz Orangen zu halbieren und auszupressen.

„Du solltest mal meinen Schokoladen-Oreo-Bananen-Cheesecake probieren. Da würdest du dich bestimmt am liebsten reinlegen."

„Klingt lecker. Ich stehe auf alles, was mit Schokolade zu tun hat." Jay stapelte die Pancakes auf einem Teller und holte aus einem Küchenschrank Ahornsirup dazu. Wie Courtney aufgetragen hatte, goss er etwas davon in ein separates Gefäß und stellte es auf ein Tablett.

„Ich auch. Leider. Wäre ich nicht so vernarrt in meinen Süßkram, wäre es nicht so schwer, meine Linie halbwegs zu halten."

Jay sah Eden für einige Momente lang an. Sie spürte seinen Blick förmlich auf ihr und versuchte, sich auf den Schinken zu konzentrieren, den sie gerade auf einer Servierplatte anrichtete. Die Brötchen, die sie zum Aufbacken in den Ofen geschoben hatte, dufteten bereits köstlich.

„Also ich finde, deine Linie ist großartig."

Sie zuckte zusammen, als sie Jays Hände plötzlich auf ihrem Bauch spürte. Sie hatte gar nicht mitbekommen, wie er hinter sie getreten war und seine Hände um sie schlang. Ihr wurde heiß, und ihre Knie wurden weich, als sie seinen starken Körper so dicht an sich gepresst spürte. Jay drehte Eden zu sich herum und sah sie an. Anders als noch am Vortag. Etwas lag in seinem Blick, das sie bis zu diesem Morgen nicht erkannt hatte.

„Hey", sagte er jetzt leise und hielt ihren Blick mit dem seinen fest.

„Hey", sagte auch Eden. Sie wollte sich aus der Umarmung entziehen, doch sie schaffte es nicht. Etwas in ihr wollte jede Berührung auskosten, die sie von Jay bekommen konnte.

„Ich finde eigentlich alles an dir ganz toll", sagte Jay mit einem dieser verführerischen Lächeln, die einen so sehr in ihren Bann ziehen konnten. Seine Lippen näherten sich den ihren, und Eden registrierte, dass dieser Kuss – im Vergleich zu den anderen – echt sein musste. Diesmal war niemand da, dem sie eine Beziehung vorgaukeln mussten. Dieser Kuss hier … war nur für sie beide. Millionen von Gedanken prasselten auf Eden ein. Warum war Jay drauf und dran, sie zu küssen? Steckte „mehr" dahinter? Oder warf er ihr nur einen Happen hin, damit sie sich wegen Courtney nicht so geknickt fühlte? Was passierte nach dem Kuss? Und was nach den paar Tagen, die sie mit Jay verbrachte? Ihre Lippen näherten sich einander an und sie konnte Jays Atem bereits auf ihrer Haut spüren. Dieser Kuss hier … würde etwas ganz anderes sein als die gespielten Küsse vom Vortag.

„Nanu, was ist denn hier los?" Jays Vater stand plötzlich in der Küche und der magische Moment zwischen Eden und Jay war vorüber. Nur widerwillig lösten sie sich voneinander und Eden verfluchte Johns schlechtes Timing. Sie war so kurz davor gewesen, Jay zu küssen … richtig … zu küssen.

„Eden hat für uns alle Frühstück gemacht", sagte Jay und ließ von ihr ab.

„Und Jay hat mir geholfen", ergänzte Eden. Jays Körper an ihrem zu spüren fehlte ihr ab jenem Moment, in dem er von ihr abließ.

„Das duftet ja großartig. Helen, wusstest du, dass unser Sohn Talent in der Küche hat?", wandte sich John an seine Frau.

„Er überrascht mich immer wieder." Helen schmunzelte und warf Eden einen herzlichen Blick zu.

Wenig später saß Eden mit den Prestons – und Courtney – um den gedeckten Tisch im Esszimmer herum. Weihnachtsmusik kam aus der Musikanlage und es schneite immer noch.

„Die pouchierten Eier sind wirklich köstlich, Eden, ich kann mich nicht erinnern, schon einmal derart wohlschmeckende gegessen zu haben", lobte John.

„Vielen Dank. Meine Mum hat mir in der Küche so einiges beigebracht, obwohl ich eigentlich immer schon eher auf der Karriereschiene unterwegs gewesen war."

„Ich habe ihr die pouchierten Eier aufgetragen", mischte Courtney sich ein. „Sie wollte mir ein Sandwich machen."
Eden fragte sich bei Courtneys Aussage, ob sie es etwa drauf anlegte, immer derart unqualifiziert Meldungen von sich zu geben, oder ob ihr das gar nicht bewusst war.
Fragend sahen Jays Eltern Courtney an.

„Ich hatte Lust zu kochen, und nachdem Courtney hungrig war, habe ich angeboten, mich ums Frühstück zu kümmern", rechtfertigte Eden. Courtney war dabei, sich selbst in kein gutes Licht zu stellen, und Eden wollte vermeiden, noch stärker in ihr Kreuzfeuer gezogen zu werden.

„Eden hat mir von einem sensationellen Schokoladen-Cheesecake erzählt, den sie unbedingt für uns backen will." Jay schmunzelte und zwinkerte Eden zu.

„So, will ich das?", fragte sie und hielt Jays Blick.

„Ich könnte dir ja zur Hand gehen, wenn du möchtest."

„Klingt nach einem Deal."
Jay beugte sich zu Eden und küsste sie auf die Stirn.

„Dass ihr beide backen wollt, trifft sich wirklich großartig", sagte Helen. „Morgen Abend findet eine Charityveranstaltung zu Gunsten des St.-Annes-Kinderkrankenhauses hier statt, zu der wir als Ehrengäste geladen sind."
„Ich dachte, wir wollten hier unter uns bleiben?", fragte Alex. „Gerade wegen der Verlobung."
„Es ist für einen guten Zweck", sagte Helen. „Und gestern Abend hat mich die Gouverneurin von Colorado höchstpersönlich angerufen und eingeladen. Ich konnte nicht absagen. Und ich denke, es wird ein sehr netter Abend werden. Immerhin können wir dann die Herzensdamen unserer Söhne offiziell vorstellen. Was auch den Druck von uns nimmt, den Medien zuvorzukommen. Es wird nichts Großes, ein paar erlesene Gäste und ganz wenig Presse. Sehr entspannt also."

Eden horchte bei dem Wort „Medien" auf. Eigentlich war es ihr Job, in die Welt hinauszuposaunen, wer von den Prestons sich mit wem verlobte. Doch sie hatte immer noch etwas, was all die anderen nicht hatten. Was niemand hatte, selbst wenn Helen und John James die Verlobung von Alex mit Courtney am nächsten Tag höchstpersönlich öffentlich machten. Eden hatte den persönlichsten Einblick in das Leben der Prestons überhaupt. Und damit den Schlüssel zu einer Hammerstory und zu den nächsten Stufen auf ihrer Karriereleiter.

„Eden, was meinst du dazu?" Helen riss sie aus ihren Gedanken.

„Wie bitte? Verzeihung, ich war gerade abgelenkt."

„Ich dachte, wir könnten zum Kuchenverkauf der Wohltätigkeitsveranstaltung vielleicht etwas beisteuern. Wenn du deinen Cheesecake machst, dann werde ich meine berühmte Baisertorte zaubern. Ich habe sie meiner Tante zum 90. Geburtstag mitgebracht und alle waren hellauf begeistert."

Eden registrierte – obwohl sie absolut keine Ahnung vom britischen Königshaus hatte, dass besagte „Tante" wohl die Queen höchstpersönlich sein musste, und stellte einmal mehr fest, dass sie hier tatsächlich mit Adeligen am Tisch saß. Es erstaunte sie fast, dass die Prestons so greifbar und normal waren. Sie hatte zwar schon gehört, dass auch Prinz William und Prinz Harry relativ volksnah waren, aber sie hätte nicht erwartet, dass Royals wie die Prestons tatsächlich so „normal" wirkten wie eine x-beliebige Familie rund um den Globus.

„Ich werde auch etwas backen", mischte Courtney sich ein. Die Gesellschaft wandte ihr den Blick zu. Eden konnte sich vieles vorstellen, aber nicht, wie Courtney mit ihren zwei Tonnen Make-up und den ellenlangen Acrylnägeln in der Küche stand und Teig knetete. Außerdem hatte sie nicht besonders vertraut gewirkt, als sie zuvor in der Küche die Pfanne beäugt hatte, als wäre sie ein Relikt aus einer anderen Dimension.

„Oh, das ist eine schöne Idee, Courtney", sagte Helen, die ebenfalls sichtlich überrascht war. Eden war sich sicher, dass Courtney niemals von selbst auf die Idee gekommen war, zu backen. Doch nachdem Eden und Helen sich dazu verabredet hatten, konnte sie es natürlich nicht auf sich sitzen lassen und musste ebenfalls in die Küche.

„Ich bin mir sicher, dass mein Kuchen Edens um Längen schlägt", sagte sie und warf Eden einen fast feindseligen Blick zu. Eden rührte das nicht. Sie konnte sich nicht vorstellen, dass Courtneys Künste in der Küche besonders herausragend waren. Und sie wusste, wie süchtig ihr Cheesecake machte.

ACHT

„Na, Prinzessin, alles klar?" Maddie lachte.

„Hey. Von wegen Prinzessin", erwiderte Eden. Sie war gerade dabei gewesen, sich für einen kleinen Einkaufsbummel in der Stadt fertig zu machen. So wie es aussah, würde sie sogar noch die Weihnachtsfeiertage mit den Prestons verbringen. Schweren Herzens hatte sie bereits ihrer Mutter Bescheid gegeben, dass sie es nicht schaffte, an Heiligabend nach Hause zu kommen. Sie wollte aber versuchen – das hatte sie ihr hoch und heilig versprochen –, am 26. in Boston zu sein.

„Ich bin an einer Hammer-Story dran."

„Wirklich?"

„Ja. Ich … ich kann hier nicht reden, ich bin ja inkognito, aber … Dean wird aus den Latschen kippen, wenn ich ihm liefere, woran ich arbeite."

„Du machst mich echt neugierig."

„Ich erzähl dir alles, wenn ich wieder zu Hause bin. Wie läufts bei euch? Weihnachten in New York?"

„Alles bestens. Und ja, es ist genau so, wie du es dir wohl vorstellst. Aber glaub nur ja nicht, dass ich dich bemitleide. Ich hab mir deinen Europrinzen mal im Internet angesehen … heilige Scheiße, der Typ ist ja heißer, als Gott verboten hat."

Eden schmunzelte. „Ja, er sieht wirklich ganz gut aus."

„Ganz gut? Eden, der Typ ist ein Jackpot. Ich sehe schon, du wirst das nächste Glamerica-Girl, das unter die Haube kommt."

Eden musste lachen. „Darauf wette lieber mal nicht. Ich bin nun wirklich nicht der Typ Frau, die einen Prinzen abbekommt. Und schon gar nicht so einen. Irgendeinen versoffenen Laden-hüter aus Game of Thrones vielleicht, aber keinen, der auch nur annähernd so ist wie Jay."

„Du bist verrückt. Ich könnte mir dich sehr gut in einem Schloss in Großbritannien vorstellen. Mit einem langen Kleid und einem Krönchen auf dem Kopf."

Die beiden kicherten, als Jay den Kopf ins Zimmer steckte.

„Bist du so weit? Wir könnten dann los."

Eden gab Jay zu verstehen, dass sie fertig war.

„Hör mal, Maddie, ich muss jetzt Schluss machen. Wir hö-ren uns, ja? Und liebe Grüße an Mark."

Sie beendete das Gespräch und packte ihr Handy in ihre Handtasche. Ihr Gepäck war immer noch nicht geliefert wor-den, und langsam begann sie, sich darüber zu ärgern. Sie war jetzt zwei Tage auf Preston Manor und ihr Gepäck war bereits vier Tage unterwegs.

„Na, bist du bereit zum Shoppen?", fragte Jay und streckte seine Hand aus, damit sie sie nehmen konnte.

Den Nachmittag verbrachte Eden damit, gemeinsam mit Jay und seiner Familie durch die Innenstadt von Fellow Springs zu flanieren und nach Kleinigkeiten Ausschau zu hal-ten, die sie ihren Gastgebern am Heiligen Abend überreichen konnte. Als sie zurück auf Preston Manor waren, machte sich die gesamte Familie – inklusive der ständig herumnörgelnden Courtney – daran, den Weihnachtsbaum aufzuputzen. Das Hausmädchen versorgte sie dabei mit frisch gebackenen Kek-sen und Tee.

Später an diesem Tag saß Eden im Wintergarten von Pres-ton Manor, in einem bequemen Sessel, hatte sich in eine Decke gehüllt und trank eine Tasse heißen Kakao. Es war wunder-schön hier. Sie genoss es, wie die Schneeflocken vom Himmel segelten und sich leise überall niederließen. Sie mochte es, dass das Haus praktisch ständig von Weihnachtsliedern beschallt wurde, sie liebte den Duft nach Orangen und Zimt, der auf Preston Manor vorherrschend war. Und … sie mochte Jay und seine Familie nur zu gern. Es hatte Spaß gemacht, gemeinsam den Baum zu schmücken und Helen und John dabei zuzuhören, wie sie Geschichten von früher erzählten. Als sie sich kennenlernten und es noch eine royale Etikette gab, die unbedingt eingehalten werden musste. Als sie von Weihnachtsfesten im Buckingham Palace erzählten. Und von den Weihnachtsfesten, als Jay und Alex noch klein gewesen waren. Jetzt hatten John und Helen Asterix zu einem Nachmittagsspaziergang mitgenommen, während Alex und Courtney noch einmal zum Shoppen in die Stadt aufgebrochen waren. Nur Gott allein wusste, was Courtney jetzt wieder ganz dringend benötigte.

„Hey, na, wie geht's dir?"

Eden sah auf und bemerkte Jay vor sich stehen.

„Prima. Ich genieße die Aussicht. Es ist echt wunderschön hier."

„Ja, das ist es. Schade, dass wir nur so selten hier sind."

„Deine Familie ist großartig. Bis auf Courtney. Mit ihr hadere ich noch." Eden lächelte.

„Sie ist schwierig, du hast recht", sagte Jay und ließ sich auf der Lehne des Sessels nieder, in dem Eden saß.

„Du magst sie immer noch sehr, oder?", wagte sie die Frage auszusprechen, die ihr seit Tagen auf der Zunge brannte. Und ihr war klar geworden, dass es sie nicht nur deshalb interessierte, weil sie seine Antwort ganz groß in einem Artikel aufblasen konnte, sondern weil sie es selbst wissen wollte. Ihretwegen. Jay seufzte und sagte eine Weile gar nichts, sodass Eden schon davon ausging, jetzt eine Grenze übertreten zu haben, die ihr eigentlich nicht zustand.

„Als Alex mit Court an der Hand vorgestern reingekommen ist, war ich schon sehr bestürzt", begann er schließlich. Eden bemerkte, wie er sich etwas verspannte. „Ich habe sie wirklich geliebt, weißt du? Wir waren lange zusammen, und ich bin davon ausgegangen, dass sie die Frau ist, die ich einmal heiraten werde. Sie … war genau das Mädchen, das ich immer schon gesucht hatte."

Eden fühlte sich, als hätte er ihr einen heftigen Schlag in die Magengrube versetzt, obwohl sie gar nicht wusste, wieso. Am liebsten hätte sie Jay geschüttelt. Was wollte er von einer

Schnepfe wie Courtney? Okay, sie sah gut aus, wenn man sie mit all ihrem Make-up betrachtete. Aber hinter der Fassade von Smashbox, Mac und Bobbi Brown war eine hässliche, eingebildete, nichtsnutzige Ziege, die nichts Besseres zu tun hatte, als alle um sie herum zu beleidigen.

„Ich kann gut verstehen, wie weh es tun muss, jemanden, den man einst so geliebt hat, mit jemand anderem zu sehen", begann Eden. „Aber … warum Courtney? Sie ist nicht gerade eine sehr umgängliche Person."

Jay lachte. „Das hast du perfekt umschrieben. Ich weiß es nicht. Sie ist absolut nicht umgänglich, da hast du recht. Aber … sie ist jemand, der einem nur einmal im Leben begegnet. Der Mann an Courtneys Seite zu sein ist in etwa so, als würdest du … keine Ahnung, den Olymp besteigen. Sie ist so ziemlich die heißeste und schärfste Frau, die ich je gesehen habe. Vermutlich kommt sich deswegen mit ihren Eskapaden und Beleidigungen durch, die sie die ganze Zeit über verteilt."

Eden schluckte. Eine Frau wie Courtney war für ihn also so etwas wie der Olymp? Das Nonplusultra? Eine Frau, die nett aussah, aber sonst gar nichts zu bieten hatte und obendrein noch mit einem üblen Charakter ausgestattet war?

„Es tut mir auch leid, dich da mit hineingezogen zu haben. Eden, ich muss ganz ehrlich sagen, ich habe dich zuerst eigentlich nur als meine Freundin vorgestellt, weil ich Courtney eifersüchtig machen wollte. Ich weiß, es ist idiotisch, aber irgendetwas in mir hatte wohl die absurde Hoffnung, dass sie zu mir zurückmöchte, wenn ich ebenfalls mit einer Frau hier bin."

Eden hatte gewusst, dass das mit ein Grund sein musste, warum Jay sie gebeten hatte, zu bleiben. Doch jetzt, wo er es ihr mitten ins Gesicht sagte, traf sie sie doch etwas.

„Aber … diese Einstellung hat sich mittlerweile geändert", fuhr er nun fort. „Ich habe zudem in den letzten Tagen festgestellt, dass mir … deine Anwesenheit unglaublich guttut, was die Sache mit Courtney betrifft. Ich glaube, wenn du nicht da wärst, dann würde ich diese Sache nicht so gut verkraften. Und … vor Augen zu haben, dass es Frauen wie dich gibt – im direkten Vergleich mit ihr … das ist schon auch ganz schön einschneidend."

Eden schluckte. Da hatte sie es also. Jay lag immer noch etwas an Courtney.

„Hey, wofür sind Frauen, die du vor dem Kältetod bewahrt hast, schließlich sonst da?" Sie schmunzelte und versuchte, die Enttäuschung, die sich in ihr breitmachte, nicht die Oberhand gewinnen zu lassen. Jay rutschte von der Lehne zu Eden auf die Sitzfläche.

„Es wäre unglaublich schade gewesen, dich da draußen erfrieren zu lassen", sagte er und schlüpfte wie selbstverständlich zu ihr unter die Decke. Er zog Eden an sich und sie ließ es zu. Sie wusste nicht, aus welcher Intention er ihr jetzt so nahe kam, erst recht nicht, nachdem er ihr vor wenigen Minuten gestanden hatte, wie sehr es ihn traf, dass seine Exverlobte seinen Bruder heiraten wollte. Sie genoss es, so nah bei Jay zu sein und kein Wort zu sagen. In seinen Armen zu liegen. Sein Herz klopfen zu spüren und den Schneeflocken bei ihrer Reise vom Himmel zuzusehen.

NEUN

Es hätte kein perfekterer Tag für die Vorweihnachtszeit sein können. Draußen schneite es schon die ganze Zeit über und die Straßen und Wiesen waren mit weich pudrigem Schnee bedeckt. Der Weihnachtsmarkt in der kleinen Grafschaft von England, der schon so lange existierte wie das Örtchen selbst, war bereits in vollem Gange. Zahlreiche Menschen drängten sich zwischen den Buden hin und her, die Baumkuchen, Kekse, Weihnachtstorten, Kunsthandwerk und heißen Kakao feilboten. In der Mitte des Marktplatzes stand eine riesige Tanne, die über und über mit goldenen Lichtern beleuchtet war. Daneben gab es einen großen, goldenen Stuhl, auf dem ein Weihnachtsmann mit Rauschebart, schweren, schwarzen Stiefeln und einer runden Brille auf der Nase saß. Zwei Elfen standen ihm zur Seite und begleiteten die Kinder, die auf seinem Schoß Platz nehmen wollten, um ihm ihre Wünsche mitzuteilen, nach vorn.

„Okay, ich habe hier vier Weihnachtsmuffins", sagte Jay, „mit Schokolade für Mummy und Rose, und wir Männer stehen eher auf Zimt und Orange, nicht wahr, JayJay?" Er reichte die Muffins an Eden und die Kinder weiter und biss selbst herzhaft in den, den er behalten hatte.

„Sieh mal, Mummy, ich hab ein Rentier auf meinem Muffin", sagte das kleine blonde Mädchen, das Eden wie aus dem Gesicht geschnitten war. „Hast du auch eines?"

„Ich hab einen Weihnachtsmann, mein Schatz", sagte Eden zu

ihrer Tochter und zeigte ihr den bunten Marzipansanta, der auf ihrem Muffin lag.

„Ich hab einen Baum", sagte der kleine Junge, der mittlerweile auf Jays Arm war, und zeigte seinen Marzipanbaum stolz in die Runde. „Habt ihr schon gesehen, was Daddy hat?"
„Nein, mein Schatz, was hat dein Daddy?", fragte Eden. Verschmitzt sah ihr Sohn sie an, ehe er ein kleines Marzipan-Geschenkpäckchen von Jays Muffin klaute und es frech in seinem Mund verschwinden ließ.

„Gar nichts." Nachdem er es gegessen hatte, prustete er los. Seine Schwester und auch Eden und Jay stimmten in sein Lachen mit ein.

„Können wir zum Weihnachtsmann gehen, Daddy?", fragte das Mädchen, das jetzt zwischen Eden und Jay ging und jeweils eine Hand ihrer Eltern hielt. „Ich muss ihm nämlich noch einmal sagen, was ich mir zu Weihnachten wünsche."
„Natürlich gehen wir zum Weihnachtsmann", sagte Jay. „Aber ich dachte, du hast ihm deinen Wunschzettel schon vor zwei Wochen geschickt." Er und Eden waren bereits vor zwei Tagen einkaufen gewesen, um die Geschenke für die Kinder zu besorgen, als Rosie und JayJay bei Jays Eltern auf Preston Castle gewesen waren.

„Hab ich auch", sagte Rosie altklug. „Aber ich will auf Nummer sicher gehen, dass er auch ja nichts vergisst." Sie grinste ihren Vater an.

„Das hat sie eindeutig von dir." Jay schmunzelte und zog Eden an sich. Sie reihten sich in der Schlange vor dem Weihnachtsmann ein und warteten, bis sie an der Reihe waren.

„Ich will nicht zum Weihnachtsmann, Daddy", sagte Jay-Jay, als die Reihen sich lichteten und absehbar war, dass er bald an der Reihe war.

„Wieso denn nicht, Kumpel?", fragte Jay.

„Weil er gruselig ist. Ich will bei dir und Mummy bleiben."
„Ach, mein Schatz, der Weihnachtsmann ist doch nicht gruselig, ganz im Gegenteil. Möchtest du, dass Daddy oder ich mit dir mitkommen?", fragte Eden und drückte ihren Sohn.

„Oder ich", bot Rosie sich an. Eden und Jay blickten ihre Tochter an. Sie war im Oktober sieben Jahre alt geworden und unglaublich tough für ihr Alter.

„Ich begleite und beschütze dich, JayJay, ja? Dann siehst du, dass der Weihnachtsmann klasse ist und dir all die Geschenke bringt, die du willst."

Skeptisch blickte JayJay von Eden zu Jay und wieder zurück zu Eden.

„Außerdem hast du doch den Glücksbringer vom Weihnachtsmann, weißt du noch?", sagte Eden. JayJays Augen hellten sich auf, als er eine kleine, hölzerne Figur aus seiner Jackentasche zutage beförderte. Ein Weihnachtsmann, der kunstvoll von Hand geschnitzt und bemalt worden war. Er musste steinalt sein. Und er war JayJays erstes Geschenk gewesen, das er bekommen hatte, als er an Weihnachten vor fünf Jahren das Licht der Welt erblickt hatte. Eden hatte sofort gewusst, dass die kleine Figur für ihren Sohn vorbestimmt sein musste.

„Stimmt ja", sagte der kleine Junge und drehte die Figur zwischen seinen kleinen Fingern hin und her.

„Wenn du Angst bekommst, kommen Daddy und ich nach, ja?", beruhigte sie den Fünfjährigen. Sie bemerkte, wie ihr Sohn mit sich kämpfte. Er atmete einmal tief durch und erinnerte sie dabei unglaublich an Jay.

„Ich mach's", sagte er tapfer und kletterte von Jays Arm. Rosie nahm seine Hand, und gemeinsam gingen sie mit dem Elfen nach vorn zu Santa, der beide gleichzeitig auf seinen Schoß nahm und umgehend von beiden zugetextet wurde.

Jay und Eden betrachteten ihre Kinder und schmunzelten. Jay zog seine Frau an sich heran und küsste sie auf die Stirn.

„Die beiden haben wir großartig hinbekommen", sagte er, während seine Hand sich mit der ihren verflocht.

„Finde ich auch." Eden lehnte sich an ihn.

„Ich liebe dich, Mrs. Preston", sagte Jay.

„Ich liebe dich auch, Prinz John James."

***

„Hey."

Eden erwachte aus einem festen, tiefen und erholsamen Schlaf und wusste zunächst nicht, wo genau sie sich befand. Sie war in einer Welt zwischen Traum und Realität gefangen und bemerkte im nächsten Augenblick, dass sie wohl in Jays Armen eingeschlafen sein musste. Draußen war es bereits etwas dämmrig geworden, doch es schneite nach wie vor unentwegt.

„Hey", sagte sie schlaftrunken. „Sind wir eingeschlafen?"

„Sieht so aus." Jay lächelte sie an, drückte sie noch einmal an sich und küsste sie sanft auf die Stirn – genau so, wie er es zuvor in … diesem Traum getan haben musste. Edens Gedanken wanderten zurück zu dem, was sie geträumt hatte. Sie und Jay waren auf einem Weihnachtsmarkt in Großbritannien gewesen. Und sie hatten zwei Kinder gehabt, Rosie und JayJay. Und sie waren verheiratet gewesen. Ein kribbeliges Gefühl breitete sich in ihr aus. Der Traum war ihr so real erschienen, sie erinnerte sich an den Duft, den die Buden mit gebrannten Mandeln und Keksen verströmt hatten, die Weihnachtsmusik und die Lichter. Sie erinnerte sich, wie ihre Kinder ausgesehen hatten. Und daran, wie es sich angefühlt hatte, als Jay sie „Mrs. Preston" nannte.

„Hier seid ihr." Eden wurde aus ihren Gedanken gerissen, als Helen in den Wintergarten kam und die beiden liebevoll ansah. „Dad und ich sind etwas länger mit Asterix unterwegs gewesen, das Abendessen ist gleich fertig. Und danach … wollen wir uns ans Backen machen, Eden?"

„Aber sicher doch." Eden setzte sich auf und spürte, wie Jays Hände immer noch auf ihr lagen. Sie bemerkte, dass etwas zwischen ihnen beiden sich verändert hatte, war aber nicht in der Lage, zu sagen, was genau das war. Vielleicht lag es auch nur daran, dass der Traum von vorhin so unglaublich real gewesen war und ihr noch in Mark und Bein saß.

„Ich habe in Oxford Wirtschaft studiert und leite ein Unternehmen, das sich auf die Sanierung von finanziell in die Bredouille geratenen Firmen spezialisiert hat. Außerdem bin ich Reservist bei den britischen Luftstreitkräften. Ich komme also ganz schön viel in der Welt herum, was sich prima trifft, weil ich ein Weltenbummler bin", sagte Jay, als Eden und er sich später auf ihrem Zimmer unterhielten. Sie hatten sich bereits zum Abendessen fertig gemacht und etwas Zeit übrig. Auch jetzt schien es etwas zwischen ihnen beiden zu geben, was vorhin noch nicht da gewesen war.

„Der Unterschied zu anderen Sanierungsunternehmen ist jedoch, dass wir die Firmen nicht für ein Butterbrot kaufen und dann teuer verkaufen, sondern dass wir uns ‚einkaufen' und später am Erfolg der Unternehmen mitverdienen."

„Klingt nach einem tollen Konzept", sagte Eden. Sie hatte schon gehört, dass einige dieser „Sanierungsunternehmen" nicht sehr zimperlich waren, was den Kauf von anderen Firmen anbelangte. Oft ging mit einer Sanierung der Verlust von zahlreichen Arbeitsstellen einher, die völlig durch den Rost fielen. Zwar wurde ein Unternehmen wieder auf wirtschaftlich kräftige Beine gestellt, aber diejenigen, die ihre Jobs dadurch verloren hatten, hatten rein gar nichts davon.

„Und du, was hast du gemacht, bevor du Autorin geworden bist?", fragte Jay.

„In Boston habe ich für ein Frauenmagazin geschrieben", plapperte Eden frei heraus, ohne darüber nachzudenken, dass sie genau das nicht preisgeben wollte. Jay sah sie an.

„O Mann, die Regenbogenpresse? Die macht uns regelmäßig das Leben schwer." Jay lachte. „Du kannst dir nicht vorstellen, auf was für verrückte Ideen so manche Reporter kommen, nur, um uns nahe zu sein und DIE Story abzuliefern. Ich könnte dir da Geschichten erzählen …"

„Kann ich mir vorstellen."

Eden wurde mulmig zumute. Sollte sie Jay jetzt darüber aufklären, dass sie auch eine Reporterin war und sie ihn angeschwindelt hatte? In den vergangenen Stunden war die Idee, das Privatleben der Prestons in einem Artikel auszuschlachten, weiter und weiter zurückgedrängt worden. Sie würde Dean erklären, dass es keinen Artikel gab und sie auch nichts gefunden hatte, worüber es sich lohnte, zu berichten. Sie hatte die Prestons in den paar Tagen, die sie jetzt hier war, liebgewonnen und würde den Teufel tun, sie als Aufhänger für eine Story auszunutzen. Andererseits … wenn es keine Story gab, brauchte Jay auch nicht zu wissen, dass sie eigentlich für ein Frauenmagazin arbeitete. Das, was sich zwischen ihnen verändert hatte, war so tragend, dass sie es nicht übers Herz brachte, Jay und seine Familie zu enttäuschen. Außerdem wusste sie ohnehin nicht, wie lange sie noch Reporterin sein würde. Wenn Dean spitzkriegte, wie nah sie an den Prestons dran gewesen war, und ihm dann noch nicht einmal eine Randnotiz geliefert hatte, war sie ihren Job höchstwahrscheinlich ohnehin los. Und jetzt vor den Feiertagen machte es bestimmt keinen Sinn, allen die Stimmung zu vermiesen. Sie würde sehen, wohin die Sache mit ihr und Jay führte, und dann würde sie ihm in einem klärenden Gespräch alles beichten. Vielleicht sah er es sogar mit Humor, nachdem ja ohnehin keiner zu Schaden gekommen war.

„O ja, das kann ich mir sehr wohl vorstellen", sagte Eden. Sie hatte für sich beschlossen, ihren wahren Job für sich zu behalten. Zumindest vorerst noch. Sie wusste nicht, was nach ihrer „Vereinbarung" aus ihnen beiden werden würde. Aber im Augenblick sah sie noch keinen Grund, Jay von ihrem Job zu erzählen.

„Auf alle Fälle finde ich es schön, dass du jetzt keine Reporterin mehr bist", sagte er und rutschte ein Stück näher an sie heran. Er zog sie zu sich, und das mulmige Gefühl, das sich noch in ihrer Brust ausgebreitet hatte, als er davon sprach, wie sehr es ihn freute, dass sie keine Reporterin mehr war, wich etwas anderem. Einem Kribbelgefühl, das sich wie Schmetterlinge auf einer Frühlingswiese anfühlte. Eden spürte Jays Hände auf ihrem Rücken, auf ihren Hüften und sie schmeckte seine süßen Lippen. Sie ließ sich total in den Kuss fallen, versank in Jays Armen und vergaß alles um sich herum.

„Mein Gott, ihr benehmt euch wie Teenager." Eine schrille Stimme riss Eden und Jay aus dem Kuss. Courtney stand im Türrahmen. Die beiden hatten entweder nicht mitbekommen, wie Courtney angeklopft hatte, oder aber sie war einfach so hereingeplatzt.

„Was willst du, Courtney?", fragte Jay. Eden stellte fest, dass er nicht mehr so fixiert von ihr zu sein schien, sondern sie eher als Belastung betrachtete.

„Ich wollte … dich fragen, ob wir heute Abend vielleicht runter in die Stadt gehen wollen, um was zu trinken und um über die alten Zeiten zu reden?", fragte sie. Eden fand sie unmöglich. Sie hatte sie und Jay eben bei einem Kuss gestört und machte sich dennoch an ihn heran? Diese fürchterliche Frau konnte doch unmöglich ernsthaft Interesse an Alex haben. Eden schien es fast so, als würde Courtney mit ihm jetzt dasselbe abziehen, wie sie mit Jay abgezogen hatte, weil sie an Prinz Harry herankommen wollte. Sie versteifte sich ein wenig. Wenn sie damit recht hatte, dass Jay immer noch etwas für sie empfand, würde er bestimmt einwilligen … oder zumindest vorschlagen, dass sie alle gehen sollten.

„Hör mal, Court, ich möchte den Abend heute mit meiner Freundin verbringen. Außerdem habe ich ihr versprochen, ihr beim Backen zu helfen. Und … das mit dir und mir … das ist vorbei, klar?"

Fast entgeistert starrte Courtney Jay an. „Wenn du meinst", schnaubte sie dann, ehe sie die Treppen hinunterpolterte. Sie hatte zwar versucht, möglichst unbedarft zu wirken, doch Eden war nicht entgangen, dass es für sie wie ein Schlag ins Gesicht gewesen sein musste, von ihm abgewiesen worden zu sein. Jay zog Eden noch etwas fester an sich. Sie spürte seine Finger, die sanft ihre Wirbelsäule hinunterglitten und ihr eine Gänsehaut am ganzen Körper verursachten. Außerdem fühlte sie, wie erregt Jay war, und in diesem Augenblick hätte sie nichts lieber getan, als sich die Kleider vom Leib zu reißen und ihn nach Strich und Faden zu verführen.

„Wo waren wir stehen geblieben?", fragte Jay, fast so, als habe er ihre Gedanken gelesen. Dann drehte er sie auf den Rücken und kam über sie.

ZEHN

„Na, ihr beiden, habt ihr die Zeit übersehen?" Helen grinste Jay und Eden an, als sie – eine Viertelstunde zu spät – zum Abendessen erschienen. Ihre Hände waren ineinander verkeilt und ihrer Lippen zierte ein Lächeln.

„Mit einer Frau wie Eden vergisst man die Zeit einfach hin und wieder um sich herum, Mum." Jay schmunzelte und drückte Eden an sich. Courtney schnaubte verächtlich. Jay rückte Eden den Stuhl zurecht und nahm dann selbst Platz, als das Hausmädchen den ersten Gang servierte.

„Eden, ich habe übrigens bei der ortsansässigen Schneiderin hier in Fellow Springs einen Termin für dich vereinbart", sagte Helen beiläufig. Eden sah auf.

„Morgen Abend ist doch das Wohltätigkeitsbankett", klärte sie auf. „Und da wir vorgestern beim Einkaufen noch nicht davon wussten, hatten wir keine Gelegenheit, dir ein Abendkleid zu besorgen. Ich hoffe, das geht in Ordnung. Aber wenn wir schon die neue Frau an der Seite von Jay präsentieren …" Sie zwinkerte Eden zu, die ein kribbeliges Gefühl überkam.

„… dann wollen wir das doch in einem standesgemäßen Outfit tun, was meinst du?" War es tatsächlich die Möglichkeit, dass sie und Jay wirklich das wurden, was sie die ganze Zeit schon zu sein vorgaben? Nämlich ein Liebespaar?

„Übrigens werden wir Neujahr in Preston verbringen. Wir geben einen kleinen Empfang. Eden, vielleicht haben auch deine Eltern Lust, uns dabei kennenzulernen, jetzt, wo ihr beide ein Paar seid", verkündete John James II.

Eden sah auf.

„Aber, Darling, du weißt ja noch gar nicht, ob die Kinder an Neujahr nicht andere Pläne haben. Soweit ich mich erinnern kann, war Jay die letzten zwanzig Jahre an Neujahr nicht mehr zu Hause", sagte Helen.

„Also eigentlich … haben wir noch nichts geplant, oder, Eden?" Jay wandte sich an sie. Eden wusste nicht, wie sie reagieren sollte. Ihre Gefühle glichen einer Achterbahnfahrt. Das hier … war doch immer noch das Arrangement, das sie und Jay vor drei Tagen getroffen hatten. Sie würden seiner Familie vorspielen, ein Paar zu sein, und nach den Feiertagen trennten sie sich eben wieder. Niemals war die Rede von Neujahr gewesen. Und davon, dass sie ihre Eltern mit nach Preston brachte. Oder spielte Jay am Ende seine Rolle einfach nur so derart perfekt? Eden beschloss, mit einzusteigen, wenn auch nur, um sich selbst weiterhin der Illusion hingeben zu können, in Jay ihren ganz persönlichen Märchenprinzen gefunden zu haben.

„Nein, wir haben noch nichts vor", sagte sie. „Ich würde Neujahr sehr gerne bei euch verbringen. Und ich bin mir sicher, dass auch meine Eltern sehr gerne kommen werden." Eden dachte daran, wie ihre Eltern – speziell ihre Mutter – aus allen Wolken fallen würden, würde sie sie zu einem Empfang auf ein englisches Schloss einladen, weil sie mit dem Prinzen liiert war. Ein Umstand, der so niemals eintreten würde.

„Dann haben wir das geklärt … und können es morgen Abend offiziell machen." Helen lächelte.

***

Eden war gerade dabei, sich für das Backen umzuziehen, als Jay das Zimmer betrat.

„Hey", sagte er und kam auf sie zu. Er zog sie in seine Arme und küsste sie, als wären sie schon seit Jahren ein Paar.

„Hallo", sagte Eden. Sie bemerkte, wie sie sich mehr und mehr in Jay verliebte.

„Ich wollte mit dir reden … wegen vorhin", sagte er und nahm sie bei der Hand. Sie setzten sich auf eines der Sofas, das in dem großen Raum stand. Eden war sich sicher, dass jetzt genau das kam, was sie die ganze Zeit über erwartet hatte. Jay würde mit ihr besprechen, wie ihre „Trennung" vonstattengehen sollte.

„Ich weiß, dass wir vereinbart hatten, dass wir beide nur ein paar Tage so tun, als wären wir ein Paar, Eden", sagte Jay und sah ihr dabei in die Augen. Eden versuchte, ihre Emotionen unter Kontrolle zu halten. Sie durfte keinesfalls rührselig werden oder heulen, egal, wie schwer es ihr auch fiel. Immerhin hatte Jay ihr von Anfang an gesagt, was Sache war, und ihr nie irgendwelche falschen Tatsachen vorgespielt.

„Stimmt", sagte sie ruhig.

„Die letzten Tage sind ziemlich gut verlaufen", fuhr Jay fort. „Und ich denke, man nimmt uns unsere Story ab."

„Mhm", machte Eden.

„Und morgen möchte Mum dich offiziell als meine Freundin vorstellen."

„Ja", sagte Eden. Ihr schwante Böses. Am Ende wollte Jay eine „Trennung" noch an diesem Abend herbeiführen. Dass es einmal so weit sein würde, das wusste sie ja, aber dass sie jetzt nur noch für wenige Augenblicke Teil der Familie sein sollte, die sie so liebgewonnen hatte, traf sie wie ein Schlag.

„Wir sollten uns also darüber unterhalten, wie wir die Story zu Ende bringen", sagte Jay mit ernstem Unterton in seiner Stimme.

„Möchtest du einen ‚öffentlichen' Streit provozieren oder sollen wir uns in aller Stille trennen?", fragte sie. Sie musste schlucken und hatte Mühe, nicht in Tränen auszubrechen. „Könnten wir damit noch warten, bis ich meine Sachen zusammengepackt habe? Ach ja, und wenn mein Gepäck es in den nächsten Tagen doch noch schafft, hierhergebracht zu werden, könntest du es mir dann bitte an meine Adresse nach New York schicken? Ich hab echt keine Ahnung, ob es überhaupt noch irgendwo herumtingelt, aber wenn, dann möchte ich es nicht ein weiteres Mal umleiten müssen. Denn ich fürchte, dann landet es irgendwann einmal in Timbuktu und ich sehe es nie wieder." Sie spürte, wie ihre Augen feucht wurden, und plapperte einfach weiter ohne Punkt und Komma. Es fühlte sich fast so an, als wäre ihre „Beziehung" zu Jay vorbei, sobald sie aufhörte, zu reden. Gefühle außen vor zu lassen, hatte ja ganz prima funktioniert. Jay sah sie einige Augenblicke lang an.

„Also … eigentlich wollte ich dir vorschlagen, zu sehen, wohin das Ganze führt", sagte er sanft, „aber wenn du lieber gehen möchtest …"

„Was?" Eden sah auf.

„Hör mal, Eden, normalerweise bin ich nicht der Typ, der sich sehr schnell auf eine Frau einlässt, die er nicht kennt. Aber … bei dir ist das irgendwie anders. Ich fühle mich sehr stark zu dir hingezogen, und ich habe das Gefühl, dass wir ziemlich gleich ticken. Normalerweise würde ich dich jetzt ein paarmal zum Essen ausführen, versuchen, dich kennenzulernen, heraus-zufinden, ob das zwischen uns klappt. Da unsere Geschichte aber generell einen etwas anderen Beginn genommen hat …", er sah sie einige Augenblicke lang an, „wollte ich dich fragen, was du davon hältst, wenn wir … sehen, wo uns das Ganze hinführt. Ich meine, dass ein ‚normales‘ Kennenlernen, so wie es bei Courtney und mir der Fall war, auch ein massiver Griff ins Klo sein kann, hat sich ja herausgestellt, nicht wahr?" Er grinste.

Edens Augen wurden groß. Sie konnte nicht glauben, was sie da hörte.

„Wie bitte?", fragte sie.

„Wenn du möchtest, kann ich dir auch ein kleines Zettel-chen mit der Frage ‚Willst du mit mir gehen‘ zustecken, auf dem du ‚Ja‘, ‚Nein‘ oder ‚Vielleicht‘ ankreuzen kannst." Jay schmunzelte. „Also was meinst du … Lust auf einen Trip ins Ungewisse?"

Eden brauchte eine Weile, bis sie begriff, was Jay ihr da vorschlug, was er von ihr wollte. Aber es dauerte keine Sekun-de, bis sie in seine Arme fiel und ihm dadurch zu verstehen gab, dass sie absolut Lust auf einen Trip ins Ungewisse hatte.

***

Später an diesem Abend standen Eden, Helen und Jay in der Küche und backten die Torten für das Wohltätigkeitsbankett. Courtney hatte Alex überredet, mit ihr in eine Bar zu gehen, nachdem sie sich lautstark darüber beklagt hatte, Lagerkoller auf Preston Manor zu bekommen. Zuvor hatte sie noch verlautbart, dass sie ihre Torte backte, wenn sie zurück war, weil sie keine Lust darauf hatte, dass jemand sich ihr Rezept abschaute. Dabei hatte sie Eden einen feindseligen Blick zugeworfen. Eden konnte sich ziemlich gut vorstellen, dass aus Courtneys Torte überhaupt nichts werden würde. Die Tatsache, dass Jay sich ganz offensichtlich für sie entschieden hatte, schien Courtney sehr zu schaffen zu machen. Jays Vater hatte sich mit einem Buch und einem Glas Scotch in den Wintergarten zurückgezogen.

„Während ich die Tortenfüllung zubereite, kannst du schon mal die Oreokekse zerkrümeln", wies Eden Jay an, der sich bereit erklärt hatte, ihr bei der Torte zu helfen. Sie schob ihm zwei Schachteln Oreos hin, und er betrachtete sie fragend, ehe er eine der Packungen öffnete und einen Keks in seinem Mund verschwinden ließ.

„Hey, die sind aber nicht für dich zum Essen gedacht." Eden lachte und knuffte ihn in die Seite. „Wirf sie in die Küchenmaschine, mit den Schneidemessern zerkleinerst du sie so lange, bis sie extrem bröselig geworden sind, ja? Danach zerlassen wir etwas Butter, um mit den Keksen gemeinsam den Boden zu bilden."

„Ich würde sie ja lieber essen", überlegte Jay.

„Nichts da. Warte lieber, bis die Kuchen fertig sind. Du wirst begeistert sein."

„Das bin ich jetzt schon." Jay legte die Kekspackungen aus der Hand und zog Eden zu sich. Sie spürte seine Hände in ihrem Rücken und seinen Blick, der sie vollends für sich einnahm.

„Ihr beide erinnert mich an mich selbst und John James. Wir waren genauso verliebt wie ihr zwei – und hatten natürlich ziemlich mit der damaligen Etikette zu kämpfen. Für einen Prinzen schickte es sich überhaupt nicht an, irgendwelche Emotionen zu zeigen", sagte Helen. Sie war gerade dabei, eine Creme für ihre Baisertorte herzustellen, und Eden schmunzelte bei dem Gedanken daran, dass das Letzte, womit sie bei einer

Herzogin gerechnet hätte, war, dass sie in der Küche stand und backte.

„Das zwischen euch beiden, das funktioniert einfach, das sehe ich auf den ersten Blick", sagte sie, während sie etwas von der Creme mit einem Löffel kostete. „Und es freut mich sehr, dass Jay offenbar endlich die Frau für sich gefunden hat, die ihn erdet. Er ist ... ziemlich rastlos."

Jay sah seine Mutter an, dann zog er Eden an sich. „Ja, manchmal geht das Schicksal schon seine ganz eigenen Wege", sagte er und zwinkerte Eden zu.

Nachdem Eden zwei Schoko-Oreo-Bananen-Cheesecakes – einen für das Bankett und einen für die Prestons – hergestellt hatte, war sie todmüde. Sie hatte es etwas befremdlich gefunden, dass das Hauspersonal die Küche für sie sauber machte, war in diesem Moment aber unsagbar dankbar dafür. Sie wünschte Helen eine gute Nacht und ging nach oben in ihr Zimmer. Das Erste, was sie bemerkte, war, dass Jay sein Nachtlager auf der Couch abgebaut hatte. Die Kissen und Decken, die die letzten zwei Tage darauf platziert worden waren, fehlten allesamt. Gerade als Eden die Tür hinter sich schloss, kam Jay aus dem Bad. Er war frisch geduscht und trug nichts am Leib außer engen Shorts. Eden blieb fast der Atem weg.

„Da bist du ja." Er sah sie liebevoll an.

„Ja. Die beiden Cheesecakes sind endlich fertig."
„Ich freue mich schon, sie morgen früh zu probieren." Jay kam auf Eden zu und zog sie in seine Arme. Eden wurde heiß, als sie seine Haut auf ihrer fühlte. Seinen Körper, der sich an ihren presste, und seine Augen, die sie durchdringend ansahen.

„Ich hoffe, es ist okay, dass ich mein Nachtlager auf dem Sofa abgebaut habe", fragte Jay. Seine Stimme hatte einen rauen Unterton angenommen, und Eden wurde heiß und kalt, als sie ihm zuhörte. Sie hätte nicht gedacht, dass sie sich nach der Misere mit Trey, der sie so dermaßen hintergangen hatte, überhaupt noch einmal so intensiv zu jemandem hingezogen fühlen konnte, wie es bei Jay der Fall war. Die Tatsache, dass er ganz obendrein noch ein echter Prinz war, tat ihr Übriges dazu. Das alles hier schien so unwirklich, so märchenhaft, und dennoch war es real.

„Natürlich", stotterte sie und hatte Mühe, ihre Stimme nicht brechen zu lassen. Im nächsten Moment zog Jay sie fester zu sich und verschloss ihre Lippen mit einem Kuss.

23. DEZEMBER

ELF

Es kam selten vor, dass Eden Jones einmal einen Tag lang ausschlief. Der Tag vor Heiligabend war ein solcher. Ganz langsam driftete sie aus einem tiefen, wohligen Schlaf herauf, öffnete langsam ihre Augen und fühlte sich wohl und geborgen. Sonnenlicht schimmerte ins Zimmer und draußen schneite es unentwegt. Jay, auf dessen Brust sie die ganze Nacht über geschlafen hatte, nachdem sie sich geliebt hatten, hielt sie immer noch fest in seinem Arm. Sie sah ihm beim Atmen zu, zählte die ruhigen, gleichmäßigen Atemzüge und versuchte, immer wieder zu realisieren, was in der vergangenen Nacht passiert war. Jay war tagsüber zwar der perfekte Gentleman, aber … als die Schlafzimmertür sich hinter den beiden geschlossen hatte, hatte er Dinge mit Eden angestellt, die bei Hofe bestimmt nicht sehr gerne gesehen worden wären. Noch nie hatte sie so heftigen, animalischen und wilden Sex gehabt wie mit ihrem Prinzen. Ein Lächeln zierte ihre Lippen, als sie daran dachte, wie er sie in der vergangenen Nacht – fast ohne Rücksicht auf Verluste – genommen hatte. Sex mit Jay war genau nach ihrem Geschmack. In ihrer Beckengegend begann es etwas zu ziehen, als sie daran dachte, wie er in ihr gewesen war, hart zugestoßen und es genossen hatte, wie sie in ihm aufging.

„Guten Morgen."

Sie wurde aus ihren Gedanken gerissen, als Jay sie an sich zog und kurz küsste.

„Guten Morgen." Sie fand es immer noch merkwürdig, ihm so nah zu sein. Und doch fühlte es sich so unglaublich richtig an.

„Du hast mir gefehlt", sagte Jay, während er an Edens Ohrläppchen knabberte. Ein Kribbeln breitete sich in ihrem Bauch aus.

„Ich war doch die ganze Nacht über hier."

„Und dennoch viel zu weit weg, als ich geschlafen habe."

Er zog sie auf sich und betrachtete sie. Sie fühlte sich im ersten Moment etwas ausgeliefert, als sie splitterfasernackt auf ihm saß und seinen Blick auf ihren Brüsten und ihrem Bauch fühlte. Eigentlich hatte sie es nie gemocht, so, wie Gott sie schuf, von jemandem – ihrem Partner – betrachtet zu werden. Doch so wie Jay sie ansah, so voller Lust und Gier, genoss sie es fast. Ihr wurde heiß, als er schwerer zu atmen begann und sie etwas nach unten dirigierte, wo sein Penis sich bereits steif aufgerichtet hatte. Gott, sie konnte von diesem Mann absolut nicht genug bekommen. Ihr blieb kurz die Luft weg, als Jay sie auf seinem Penis absetzte und er mit einem Ruck tief in ihr war. Fast unmittelbar danach begann er, sein Becken hart nach oben zu stoßen und ihr mit jedem einzelnen Stoß unsagbare Lust zu bescheren. Seine Hände kneteten ihre Brüste, während sie seine Stöße mit ihrem Becken auffing und sich hart an ihn presste, um ihn noch tiefer in sich aufzunehmen. Jay zog sie zu sich, drehte sie auf den Rücken und war über ihr. Seine Stöße wurden noch härter, heftiger und tiefer, und Eden war kurz davor, den Verstand zu verlieren, als sie gemeinsam in einem Orgasmus explodierten, der seinesgleichen suchte.

„Guten Morgen, ihr zwei."

Helen begrüßte Eden und Jay, als sie Hand in Hand ins Esszimmer kamen. Die restliche Familie war bereits um den Tisch versammelt.

„Morgen." Jay schob Eden den Stuhl zurecht und setzte sich neben sie.

„Ihr beide seid heute ja spät dran", stellte Courtney fest. Den gehässigen Unterton in ihrer Stimme fest verankert.

„Sind wir das?" Jay sah Eden an und zwinkerte ihr vielsagend zu, was Courtney zur Weißglut zu treiben schien.

„In den Weihnachtsferien darf man ruhig auch mal etwas länger schlafen, nicht wahr?", fragte John James in die Runde und nahm einen Schluck Tee.

„Seh ich auch so", sagte Helen. Obwohl wir heute ein straffes Programm haben. Wir müssen nach dem Frühstück zu der Schneiderin, die dir ein Kleid für heute Abend anpassen wird, Eden. Danach gibt es einen kleinen Weihnachtslunch mit der Familie, ehe die Stylisten uns für heute Abend aufhübschen werden."

Eden versuchte, nicht allzu große Augen zu machen. Bisher war sie es gewohnt gewesen, sich selbst für Veranstaltungen zurechtzumachen, die sie besuchte. Dass jemand extra herbeordert wurde, um sie für ein Event aufzuhübschen, war noch nie vorgekommen.

„Was ist eigentlich aus deiner Torte geworden, Eden?", fragte Jay. „Ich hab schon davon geträumt, sie endlich zu probieren."

„Dann sollten wir sie anschneiden." Eden stand auf und ging ans andere Ende des Tisches, wo die Torte auf einer kristallenen Tortenplatte stand und köstlich aussah. Sie nahm ein Messer und teilte die Torte in zwölf Stücke auf, von denen sie jeweils eines auf Dessertteller legte und an die Prestons verteilte.

„Sehe ich so aus, als würde ich diese Kalorienbombe in mich hineinstopfen?", fragte Courtney sie fast verächtlich, als Eden auch ihr einen Teller anbot. Eden verkniff es sich, anzumerken, dass Courtney eigentlich ständig am Essen war. Ununterbrochen hatte sie Kekse, Schokolade oder Kartoffelchips in den Fingern, oder sie bestellte sich beim Hauspersonal Sandwiches oder einen anderen Snack. Überhaupt war sie auf den zweiten Blick nicht die besondere Schönheit, als die Eden sie wahrgenommen hatte, als sie sie zum ersten Mal gesehen hatte. Ohne die Tonnen von Make-up, die sie trug, und ohne aufwendiges Hairstyling, ohne die Shapewear, in die sie sich offenbar zwängte, war sie genauso unscheinbar wie so viele andere Frauen draußen in der Welt. Was Jay damals wohl an ihr gefunden haben mochte? Andererseits, wenn sie aufgebretzelt war, machte sie bestimmt etwas her. Und Eden war sich sicher, dass Courtney genau wusste, womit man Männer um den Finger wickeln konnte.

„Großer Gott, Eden, dieser Kuchen ist ja sensationell", sagte John James II., nachdem er den ersten Bissen probiert hatte.

„Ich kann mich nicht erinnern, jemals etwas gegessen zu haben, was mir besser geschmeckt hat", stimmte auch Jay ein.

„Stimmt, dieser Kuchen ist hammermäßig", sagte Alex. Courtney warf ihm daraufhin einen giftigen Blick zu.

„Willst du probieren?" Alex interpretierte ihren Blick definitiv falsch und hielt ihr einen Bissen Cheesecake hin, den sie wegschlug.

„Bleib mir mit diesem Zeug vom Leib", sagte sie. „Ich will nicht wie andere Frauen hier am Tisch enden, die Kuchen in sich hineinstopfen und schon aus allen Nähten zu platzen drohen."

„Courtney, ich darf doch wohl sehr bitten", sagte Helen. „DICH meinte ich ja auch nicht", sagte Courtney und warf Eden einen gehässigen Blick zu. Eden sagte nichts. Stattdessen nahm sie einen großen Bissen Cheesecake und ließ ihn genussvoll in ihrem Mund verschwinden.

***

Später an diesem Morgen wurde Eden gemeinsam mit Helen in die Stadt zu der Schneiderin, die sich um ihr Outfit für den Abend kümmern wollte, gefahren. Edens eigenes Gepäck war immer noch nicht angekommen, und langsam, aber sicher verlor sie die Hoffnung, ihren Koffer überhaupt jemals wieder in Empfang nehmen zu können. Doch selbst wenn sie ihre eigenen Sachen gehabt hätte, etwas, was sich für ein Wohltätigkeitsbankett geeignet hätte, hätte sich darin mit Sicherheit nicht gefunden.

Der Laden der Schneiderin, die Helen aufgetan hatte, befand sich in einer kleinen Seitenstraße und wirkte unscheinbar. Im Inneren stand eine Armada von Schneiderpuppen, um die Stoff drapiert war oder die halb fertige Kleider anhatten. An den Wänden gab es nussholzfarbene Regale, die über und über mit Stoffbahnen befüllt waren. Im hinteren Teil des kleinen

Ladens führte eine Tür in einen separaten Raum, aus dem geschäftiges Treiben zu vernehmen war.

„Ich komme schon", säuselte eine hohe Stimme. Kurz darauf trippelte eine alte Dame herein, die ungefähr dreihundert Jahre alt hatte sein müssen. Sie war klein und zierlich, hatte ein faltiges, altes Gesicht und gütige, wache und kluge blaue Augen.

„Herzogin von Preston, es ist mir eine außerordentliche Ehre, wieder einmal für Sie arbeiten zu dürfen", sagte sie und machte vor Helen einen Knicks. „Mein Name ist Martha Coolidge, aber alle nennen mich Matty."

„Nennen Sie mich doch bitte Helen", sagte Helen. „Ich bin hier im Urlaub und entbinde mich von all meinen Pflichten als Herzogin. Und vom Titel." Sie schmunzelte.

„Darauf wollen wir trinken." Die kleine, alte Dame eilte flink hinter den Tresen, auf dem die Kasse stand, und holte eine grüne Glasflasche und drei Schnapsgläschen hervor.

„Hab ich selbst gemacht. Weihnachtslikör", sagte sie und wedelte mit der Flasche, aus der schon ein ordentlicher Teil fehlte. Sie stellte die drei Schnapsgläser nebeneinander auf und goss jeweils eine große Menge hinein.

„Zum Wohl", sagte sie, als sie Helen und Eden jeweils eines davon in die Hand gedrückt hatte. Sie hob das ihre zum Mund und trank es mit einem Zug leer.

„Aaaaaaah", sagte sie, nachdem sie es hinuntergeschluckt und ihr Glas bereits wieder aufgefüllt hatte. Eden selbst nippte zunächst nur an dem Getränk. Es schmeckte nach Zimt und Orangen, nach Schokolade und Weihnachten und verdammt intensiv nach Alkohol. Auch Helen nahm den ersten Schluck nur zaghaft, fand aber schließlich Gefallen an dem Getränk.

„Also, womit kann ich dienen?", fragte Matty, nachdem sie ihren zweiten Likör geleert hatte.

„Wir benötigen ein Abendkleid für die Freundin meines Sohnes, Eden", begann Helen. Matty trat auf Eden zu und sah sie von oben bis unten an.

„Was für eine hübsche Frau du doch bist, Eden. Perfekt, um als Prinzessin bei Hofe an der Seite deines Prinzen zu gelten, wie ich finde", sagte die alte Frau. Dann nahm sie Eden bei der Hand und führte sie in den hinteren Bereich des Ladens, wo eine weitere Tür in ein ziemlich geräumiges Zimmer führte, in dem zahlreiche Schaufensterpuppen die verschiedensten Ballkleider trugen.

„Wow", entfuhr es Eden. Sie machte große Augen und drehte sich in der Mitte des Raumes um sich selbst. Überall gab es Ballroben, eine schöner als die andere. Sie liebte aufwendige Ballkleider, hatte schon als Mädchen gerne Prinzessin gespielt und bei ihrem Abschlussball an der Highschool den weitesten Reifrock getragen. Als Ginger und Adam geheiratet hatten, hatte sie beim Brautkleid-Probieren mit all den wunderschönen Kleidern geliebäugelt, die Ginger anprobiert hatte. Und sich nichts sehnlicher gewünscht, als ebenfalls in eines schlüpfen zu dürfen. Die Tatsache, dass all die Kleider hier im Augenblick für sie bestimmt waren, war das größte Weihnachtsgeschenk, das sie sich vorstellen konnte.

„Welches davon gefällt dir am besten?", fragte Matty und drehte sich einmal um die eigene Achse. „Ich habe sie alle selbst genäht, weißt du?"

„Wow", entfuhr es Eden. Sie ließ ihren Blick über die Kleider schweifen, eines schöner als das andere. Sie alle schillerten in den bezauberndsten Farben, waren mit Edelsteinen verziert und aus aufwendigem Stoff gearbeitet. Eden konnte sich nicht entscheiden, welches der Kleider sie zuerst anprobieren wollte, als ihr Blick auf ein blaues Kleid fiel, das ihr den Atem raubte. Es sah aus wie das Kleid aus dem Cinderella-Märchen, das Walt Disney verfilmt hatte. Es war azurblau, hatte einen V-Ausschnitt und lange Ärmel. Im Bereich des Oberkörpers war es hauteng geschnitten, ehe es ab der Taille in einem weiten, fließenden Rock auseinanderfiel, der aus scheinbar unzähligen Lagen Seide bestand. Das Kleid war dezent mit Edelsteinen verziert und hatte eine Schleppe. Fast ehrfürchtig trat Eden auf das Kleid zu und betrachtete es.

„Es ist wunderschön", sagte sie.

„Ja, findest du nicht?", stimmte Matty ihr zu. „Nur leider ist es das einzige, das du nicht auswählen kannst."

Edens Herz setzte einen Schlag aus. Genau dieses Kleid hatte sie gesucht. Und jetzt würde sie es nicht tragen dürfen?

„Es ist das Verlobungskleid von Lady Preston, weißt du?", klärte Matty sie auf. „Die Mutter deines Freundes hat dieses

Kleid vor vierzig Jahren getragen, als der Herzog beim Weihnachtsball auf Preston Manor um ihre Hand anhielt. Ich habe wochenlang daran genäht, um es perfekt für sie werden zu lassen. Nachdem sie es an jenem Abend getragen hat, hat sie es mir überlassen – mit der Auflage, dass niemals jemand anderer es tragen darf."

„Oh", sagte Eden. Bei dieser Vorgeschichte war ihr klar, dass das Kleid für sie tabu war. Interessant war auch, dass Dean offenbar falsch informiert war. Er hatte behauptet, Lady Preston hatte ihren Heiratsantrag in Aspen erhalten und nicht hier in Fellow Springs auf Preston Manor.

„Ich bin mir aber sicher, dass ich eines finde, das mir genauso gut gefällt, es sind so viele tolle Kleider hier." Sie sah sich im Raum um und flanierte zwischen den Kleidern hin und her. Sie alle waren wunderschön, aber an das blaue Kleid reichten sie nicht heran. Eden probierte ein rotes, ein cremefarbenes und ein nachtblaues, doch alle passten nicht zu einhundert Prozent. Auch Helen fand an jedem der Kleider etwas, von dem sie meinte, es würde Edens Typ nicht vollständig unterstreichen.

„Vielleicht probiere ich noch das gelbe dahinten", sagte sie, als sie sich aus dem nachtblauen geschält hatte.

„Eden, komm doch mal", sagte Helen. Eden schlüpfte in den Bademantel, den Matty ihr gegeben hatte, und kam aus dem Umkleideraum. Helen streckte ihre Hand aus und nahm Edens. Dann führte sie sie quer durch das Zimmer zu dem blauen Kleid, in das sie sich von Anfang an verliebt hatte.

„Was sagst du dazu?", fragte Helen.

„Es ist wunderschön. Es ist mir schon aufgefallen, als ich vorhin das erste Mal den Raum hier betreten habe. Es ist das schönste Kleid, das ich jemals gesehen habe."

„Es ist mein ehemaliges Verlobungskleid", sagte Helen. „Ich trug es vor exakt vierzig Jahren zum letzten Mal, als John mir damals beim Weihnachtsball auf Preston Manor seinen Heiratsantrag gemacht hat. Es wurde nur ein einziges Mal – an diesem Abend – getragen."

„Es ist wunderschön. Es ist perfekt. Es ist das makelloseste Kleid, das ich jemals gesehen habe", sagte Eden ehrfürchtig. Der Stoff schimmerte so fein, dass sie es gerne berühren wollte, aber nicht wagte, es überhaupt anzusehen.

„Möchtest du es tragen?", fragte Helen unvermittelt. Eden blieb die Luft weg.

„Wie bitte?"

„Ich denke, wenn es auf dieser Welt jemanden gibt, der mein Kleid tragen sollte, dann ist es die Frau, die aus meinem wilden Partyprinzen einen bodenständigen Mann macht. Weißt du, Eden, John und ich haben uns große Sorgen um Jay gemacht, als er mit Courtney zusammen war. Sie waren ständig auf Tour, ein Skandal jagte den nächsten. Einmal ist Jay betrunken mit dem Auto gefahren, dann hatten sie beide Sex in der Öffentlichkeit. Er ist damals fast aus der Armee geflogen, weil er sich nicht mehr unter Kontrolle bekommen hat." Eden machte große Augen. Sie hatte im Vorfeld, als sie über die Prestons recherchiert hatte, schon herausgefunden, dass John James III. kein Kind von Traurigkeit war. Dass er es gerne krachen ließ, ziemlich oft mit irgendwelchen Partygirls unterwegs war und von der royalen Etikette nicht viel hielt. Aber dass es so schlimm gewesen war, wie Helen jetzt erzählte, hätte sie nicht gedacht.

„Wir hatten das Glück, dass viele von Jays Eskapaden unter Verschluss blieben. Unser Hofstaat hat einen guten Draht zur Presse. Aber es kam eben immer mal wieder etwas durch. Darum sind wir auch ziemlich besorgt wegen der Verlobung mit Alex."

Eden wusste nicht, ob der Likör, den Helen getrunken hatte, ihre Zunge lockerte, aber es war interessant zu erfahren, dass die Prestons nicht gerade begeistert über die Wahl ihres jüngeren Sohnes waren.

„Wir gehen einfach davon aus, dass Alex vernünftig genug ist, zu wissen, was er tut. Und … vielleicht hat Courtney sich ja auch geändert. Im Vergleich zu früher ist sie wirklich sehr angenehm."

„DAS ist angenehm?", schoss Eden aus der Pistole, ehe sie sich den Mund zuhielt. Sie hatte gesprochen, ohne zunächst nachzudenken, und musste sich wohl selbst eingestehen, dass der Alkohol auch ihre Zunge gelockert hatte.

„Wir sehen das genauso wie du, Eden. Aber hättest du Courtney früher gekannt, dann wüsstest du, wovon ich spreche. Es ist nur … Alex stand immer unter Jays Schatten. Jay ist der

Gutaussehende, Sportliche, der den Frauen reihenweise den Kopf verdreht. Und Alex ist der schüchterne Romantiker, der es immer schon schwer hatte, Mädchen kennenzulernen. Das jetzt mit Courtney … wir haben unsere Meinung dazu, aber wir möchten ihm natürlich auch nicht sagen, was er zu tun hat, weißt du?"

„Das kann ich gut verstehen", sagte Eden.

„Dafür freut es uns umso mehr, dass du und Jay euch gefunden habt. Und jetzt musst du mein Kleid probieren. Es wäre mir eine Ehre, Eden, wenn du das Kleid heute Abend trägst. Vorausgesetzt natürlich, du möchtest es."

„Ich …" Eden spürte, wie ihre Augen feucht wurden. Sie hätte mit allem gerechnet, aber nicht, dass Helen ihr erlauben würde, ihr Verlobungskleid zu tragen. „Ich weiß gar nicht, was ich sagen soll. Und ja, natürlich würde ich es gerne tragen." Eine Träne rollte über Edens Wange, die sie schnell wieder wegstrich.

„Gut. Dann sagen wir Matty mal Bescheid. Ich glaube, viel wird sie nicht ändern müssen, du bist selbst ja genauso zierlich, wie ich es in deinem Alter war."

ZWÖLF

Es war bereits später Nachmittag, als Eden und Helen von ihrem Besuch bei Matty zurückkehrten. Die alte Dame hatte tatsächlich nur einige geringfügige Änderungen am Kleid vornehmen müssen, die sie direkt vor Ort angepasst hatte. Das Kleid würde von ihr nun noch einmal aufgebügelt werden, und ein Angestellter der Prestons würde es abholen, damit Eden es am Abend tragen konnte.

Jay und die anderen waren gerade mit Asterix unterwegs, als Eden auf ihr und Jays Zimmer kam. Sie konnte nicht glauben, was ihr an diesem Morgen passiert war. Und sie hatte ihre Entscheidung endgültig gefällt. Der Artikel würde nicht geschrieben werden. Egal, was Dean davon hielt und ob er sie feuerte – was er vermutlich tun würde. Sie hatte ihr Herz sprechen lassen und darauf gehört, was es ihr zu sagen hatte. Wenn es hart auf hart kam, würde sie New York eben verlassen, vorübergehend wieder bei ihren Eltern wohnen und sich in Boston einen neuen Job suchen. Oder … vielleicht verschlug es sie ja ganz woandershin? Ihr Bauch begann zu kribbeln, als sie daran dachte, dass eine gemeinsame Zukunft mit Jay mehr als wahrscheinlich war.

Als sie ihr Zimmer betrat, stand ihr schwarzer Samsonite-Koffer neben ihrer Seite des Bettes. Ein Stein fiel ihr vom Herzen. Der Koffer hatte es nun tatsächlich endlich auch geschafft, nach Colorado zu kommen. Noch ehe Eden dazu kam, auszupacken, hörte sie, wie Jay und die anderen zurückkamen. Ein unbändiger Drang, ihn zu küssen und in seine Arme zu sinken, machte sich in ihr breit und das Gefühl, dass alles gut werden würde, nahm sie in Besitz. Sie konnte sich nicht erinnern, jemals so glücklich gewesen zu sein, sodass sie den Koffer Koffer sein ließ und nach unten lief.

„Hey … Na, hast du ein passendes Kleid für heute Abend gefunden?", fragte Jay, als Eden die Treppe hinunterkam.

„Ja … es ist perfekt", sagte Eden und dachte an das blaue Cinderella-Kleid.

„Dann passt es ja perfekt zu dir", sagte Jay und zog Eden in die Arme. Die Tatsache, dass sie sich unter einem Mistelzweig befanden, kam gerade recht.

„Hey, Eden, na, hast du dir ein tolles Kleid ausgesucht?" Eden sah Courtney verblüfft an, die plötzlich die Krallen eingefahren zu haben schien. Es war das erste Mal, seit Eden nach Preston Manor gekommen war, dass sie in Courtneys Stimme weder Gehässigkeit noch Missgunst oder Abwertung ihr gegenüber wahrnahm.
„Ähm … ja, ich hab eines gefunden", sagte sie etwas verwirrt. Sie behielt für sich, dass es sich bei ihrem Kleid um das Verlobungskleid von Helen handelte. Gut möglich, dass sie damit gleich wieder Öl ins Feuer gießen würde.

„Freut mich. Damit du dich bei deinem ersten offiziellen Auftritt als Frau an Jays Seite auch gebührend wohlfühlst. Du weißt ja, Kleider machen Leute."
„Da hast du recht." Eden konnte nicht so recht viel mit Courtneys neuer Höflichkeit anfangen. War es möglich, dass sie aufgegeben hatte, einen Keil zwischen sie und Jay zu treiben? Oder hatte Alex sie möglicherweise ins Gebet genommen und ihr klargemacht, dass sie nicht einfach die Krallen ausfahren konnte, wie es ihr passte?
„Ich geh dann mal nach oben. Ich möchte ein Bad nehmen, bevor die Stylisten anrollen. Kannst du Helen vielleicht ausrichten, dass ich als Letzte an die Reihe kommen möchte, bitte?

Dann kann ich mir jetzt etwas Zeit lassen."

„Klar. Genieß dein Bad."

„Danke, werde ich. Bis später." Sie verschwand die Treppen nach oben.

„Was ist los? Du siehst so verdutzt aus", fragte Jay. Er stand hinter Eden und zog sie an sich.

„Ich … Habt ihr Courtney ausgetauscht? Sie ist plötzlich so handzahm", stellte Eden fest.

„Vielleicht hat sie endlich kapiert, dass du ab sofort die Frau an meiner Seite bist und sie sich ihre Bemühungen, mich noch einmal zu erobern, sparen kann. Oder ihr ist klar geworden, dass sie heute Abend offiziell als die Verlobte von Alex vorgestellt wird – wenn auch nur auf einem kleinen Bankett hier in den Staaten."

Eden drehte sich zu Jay um und sah ihm in die Augen.

„Vielleicht hast du recht", sagte sie. Sie wollte sich in diesem Moment keine Gedanken mehr um Courtney machen. Alles lief gerade perfekt. Sie hatte in Jay ihren Traummann gefunden, sie würde dieses perfekte Kleid tragen, und die Weihnachtsfeiertage standen vor der Tür, die sie mit Jays Familie verbringen würde. Egal, was immer Courtneys Sinneswandel herbeigeführt hatte, Eden hatte in diesem Moment andere Dinge im Kopf, als sich darüber Gedanken zu machen.

***

Eden konnte es kaum glauben, dass sie das war, die ihr da aus dem Spiegel entgegenblickte. Der Abend war über Preston Manor hereingebrochen und die vergangenen Stunden hatten Stylisten und Make-up-Artists an ihr gearbeitet und sie in eine Prinzessin verwandelt. Als sie dann schließlich noch in Helens Verlobungskleid gestiegen war und ihr zwei Hausmädchen der Prestons dabei geholfen hatten, die Knöpfe und Bänder zu schließen, war es endgültig um sie geschehen. Sie fühlte sich wie Cinderella höchstpersönlich. Und sie konnte es nicht erwarten, sich Jay zu zeigen. Es klopfte an der Tür.

„Ja, bitte?"

Helen trat ein und sah Eden an. „Du bist wirklich wunderschön, Kind", sagte sie aufrichtig.

„Ich danke dir vielmals, dass ich dein Kleid tragen darf", sagte Eden dankbar. „Es ist einfach perfekt."

„Nun ja, vielleicht machen wir daraus ja eine Familientradition und eines Tages wird deine Tochter dieses Kleid anlässlich ihrer Verlobung tragen. Oder die Verlobte deines Sohnes." Eden wurde rot. Helen hatte zweimal das Wort „Verlobung" in den Mund genommen. „Übrigens, dein Outfit ist noch nicht komplett", sagte sie.

„Nein?" Eden sah sie fragend an und blickte dann an sich hinunter. Das Kleid war makellos, und sie konnte sich nicht vorstellen, dass etwas nicht komplett war.

„Nein. Etwas fehlt." Helen deutete auf das schwarze, samtene Kästchen, das sie trug. Sie klappte den Deckel zurück und Eden blieb der Atem weg. Vor ihr funkelte ein Brillantcollier, das mit Saphieren besetzt war, die dieselbe Farbe wie das Kleid hatten. Außerdem enthielt das Kästchen noch eine Brillanttiara.

„Ich habe diesen Schmuck damals bei meiner Verlobung getragen, und so wie es aussieht, hat er mir all die Jahre Glück gebracht. John und ich sind verliebt wie am ersten Tag. Wir haben keinerlei Skandale, und ich würde ihn jederzeit wieder heiraten, ohne mit der Wimper zu zucken. Ich möchte, dass du diesen Schmuck heute Abend trägst, Eden."

„Ich … Wow, Helen, ich weiß gar nicht, was ich sagen soll", sagte Eden. Sie wollte sich nicht vorstellen, wie wertvoll dieser Schmuck war.

„Ich freue mich sehr, dass Jay und du zueinandergefunden habt, weißt du? Es war nicht immer einfach mit ihm. Aber … er scheint sich geändert zu haben, seit du an seiner Seite bist." Eden überkam ein schlechtes Gewissen. Es gab noch eine ganze Menge, das sie aufklären musste. Am besten würde sie Jay und seiner Familie nach den Feiertagen reinen Wein einschenken. Ja, sie hätte es gleich tun können, vermutlich hätte sie es auch gleich tun sollen, aber sie wollte der Familie diesen Abend nicht ruinieren. Sie würde Jay nach Weihnachten in einer ruhigen Minute zur Seite nehmen und mit ihm über all die Dinge sprechen, die geklärt werden mussten. Im Prinzip … war ja gar nichts passiert, bis auf die Tatsache, dass sie ihm einfach noch nicht alles über sich erzählt hatte.

„Dreh dich um, Liebes, ich lege dir das Collier an. Und dann gehen wir runter, damit Jay die Luft wegbleibt."

Eden zitterte etwas, als sie einige Zeit später aus ihrem Zimmer kam. Unten hörte sie schon die Stimmen der anderen. Sie hatte sich noch einmal im Spiegel angesehen, etwas Parfum aufgelegt und war in die blauen Pumps geschlüpft, die zu dem Kleid gehörten. Sie fühlte sich wie die leibhaftige Cinderella. Dann war sie am oberen Ende der Treppe angelangt. Sie bemerkte, wie die Prestons sie wahrnahmen, still wurden und sie beeindruckt ansahen. Eine Gänsehaut bildete sich auf ihrem ganzen Körper.

„Wow, Eden, du siehst wunderbar aus", sagte Alex beeindruckt.

„Danke", erwiderte Eden, als sie unten angekommen war.

„Meine Frau hat nicht übertrieben, du scheinst wie für dieses Kleid gemacht zu sein", sagte John James.

„Ich fühle mich wie eine Prinzessin", sagte Eden und wollte sich auf die Zunge beißen. Gerade diese Aussage erschien ihr in ihrem aktuellen Umfeld ziemlich unangebracht. Jay trat vor und sah sie für einige Augenblicke lang an. Etwas Liebevolles lag in seinem Blick.

„Du bist atemberaubend", sagte er.

„Danke. Aber du übertreibst."

„Tu ich nicht. Ich habe noch nie eine so wunderschöne Frau wie dich gesehen." Er zog sie zu sich und küsste sie.

„Hey, ihr Turteltauben, sollten wir dann nicht langsam los?", fragte Courtney.

„Stimmt, die Wagen warten draußen", stellte Helen fest.

„Steht dir echt gut, das Kleid", gab jetzt auch Courtney zu und Eden sah sie an. Sie wirkte aufrichtig. Und auch wenn Eden versuchte, etwas Gehässiges oder Hinterhältiges in ihrer Stimme oder ihrem Ausdruck zu finden, es gelang ihr nicht.

„Danke schön. Du siehst aber auch toll aus." Courtney trug ein bodenlanges, schillerndes Kleid mit Wasserfallausschnitt und hochhackigen Schuhen. Dazu war sie stark geschminkt und ihr Haar war kunstvoll hochgesteckt worden.

„Ich bin bald mit einem echten Prinzen verlobt, da tut man eben, was man kann." Sie zwinkerte Eden zu, dann ging sie an Alex' Hand nach draußen.

DREIZEHN

Eden hatte keine Vorstellung davon gehabt, wie ein solches Wohltätigkeitsbankett wohl ablief und was für Gäste sie dort treffen würde. Doch am ehesten hatte sie noch eine kleine Stadthalle erwartet, in der die Bürger sich trafen, um Kuchen für einen guten Zweck zu kaufen. Dass das Town House von Fellow Springs recht groß und opulent aufgeputzt war, dass sich zahlreiche namhafte Politiker und Philantrophen dort befanden, damit hätte sie jedoch nicht gerechnet. Wenn Eden ehrlich mit sich selbst war, hatte sie sogar gefunden, dass sie viel zu aufgebrezelt war, um auf einem popeligen Weihnachtsbazar ihren Kuchen zu verkaufen. Doch in dem großen Ballsaal, den sie nun an Jays Seite betrat, tummelte sich alles, was Rang und Namen hatte. Inklusive dem Regionalfernsehen und einigen ausgewählten Reportern. Sie war heilfroh, dass sie keinen von ihnen kannte, und drängte das mulmige Gefühl zurück, das sich wieder breitmachte. Sie würde Jay bald die Wahrheit sagen müssen, aber diesen Abend musste sie mit ihm gemeinsam genießen – als seine Freundin.

Im Großen und Ganzen war es ein sehr netter Abend. Eden schüttelte unsagbar viele Hände, wurde Menschen vorgestellt, die sie wohl nie mehr wieder in ihrem Leben treffen würde, lernte die Gouverneurin von Colorado und ihren Ehemann und viele weitere gesellschaftlich wichtige und weniger wichtige

Personen kennen. Als der Abend schließlich etwas vorange-
schritten war, wurde der Sammelerlös aus dem Kuchenverkauf
bekannt gegeben. Edens Kuchen war für sage und schreibe
zehntausend Dollar über die Ladentheke gegangen. Wer den
Kuchen gekauft hatte, wurde nicht verraten, doch Eden selbst
bekam bei der Geldsumme weiche Knie. Sie freute sich, einen
großen Beitrag für einen guten Zweck geleistet zu haben. Nach
einer Ansprache der Gouverneurin und des Bürgermeisters von
Fellow Springs wurden Jays Eltern zunächst als Ehrengäste
vorgestellt und dann selbst ans Mikrofon gebeten. Dem Publi-
kum teilte man mit, dass der Herzog und die Herzogin von
Preston eine ganz besondere Mitteilung machen würden.

„Liebe Anwesende, liebe Wohltäter, Einwohner von Fellow Springs, schon seit Jahren kommt meine Familie an den
Weihnachtsfeiertagen in diese wunderschöne Stadt und verbringt die schönste Zeit im Jahr hier in Colorado. Mich persön-
lich verbindet Fellow Springs mit einem ganz besonderen Ereignis. Heute vor genau vierzig Jahren habe ich damals meine
geliebte Frau Helen gefragt, ob sie mir die Ehre erweist, meine
Frau zu werden." John holte Helen an seine Seite, drückte sie
kurz und küsste sie auf die Stirn. Eden musste daran denken,
wie Helen am Morgen gesagt hatte, dass sie John immer noch
so sehr liebte wie am ersten Tag, und sah zu Jay hinüber. Ihre
Blicke verfingen sich einen Moment.
„Heute habe ich die große Ehre, die Verlobung eines meiner Söhne bekannt geben zu dürfen. Es freut mich außeror-
dentlich, dass diese Verlobung genau an dem Ort stattfindet,
wo auch Helen und ich uns verlobt haben." John gab Alex und
Courtney kurz ein Zeichen, damit die beiden ebenfalls an das
Pult traten.
„Hiermit geben wir offiziell die Verlobung meines Sohnes,
Alexander Charles I. von Preston mit Courtney Victoria Gallagher bekannt. Sobald wir wieder in Großbritannien sind, wird
ein Hochzeitstermin festgesetzt werden." John schüttelte seinem Sohn die Hand und drückte Courtney kurz an sich, die es
genoss, im Mittelpunkt zu stehen. Die Menschenmenge ap-
plaudierte und Courtney sonnte sich förmlich im Applaus.
Nach einer Weile trat John wieder ans Mikrofon. „Ich werde

114

auf meine alten Tage wohl etwas vergesslich", sagte er scherzend, „ich habe noch eine Ankündigung zu machen." Eden fühlte erneut Schmetterlinge im Bauch. Gleich würde man ihre Beziehung zu Jay öffentlich bekannt geben. Zu einem Zeitpunkt, zu dem noch nicht einmal ihre eigenen Eltern wussten, dass sie einen Freund hatte, oder ihre Freundinnen eingeweiht waren. Dean würde vermutlich aus den Latschen kippen, wenn er herausfand, dass seine Reporterin anstelle einer Story einen Freund – einen Prinzen – gefunden hatte. Sie hatte sich im Trubel der vergangenen Stunden und Tage noch nicht einmal Gedanken darüber machen können, wie es wohl nach den Feiertagen mit ihr und Jay weitergehen würde. Alles hatte immer den Eindruck vermittelt, als würde es einfach so sein, wie es war, und für immer so weitergehen. Niemand hatte sich darüber Gedanken gemacht, dass Eden einen Job in New York hatte, während Jay seine Wurzeln in Großbritannien fand.

„Mein ältester Sohn, John James Preston III., der seit Harrys Hochzeit den zweifelhaften Titel ‚Partyprinz' trägt", Eden bemerkte, wie die Mundwinkel des Herzogs etwas zuckten und er sich wohl ein Lächeln verkneifen musste, „hat nun endlich ebenfalls eine Frau an seiner Seite. Wann ich die Verlobung der beiden bekannt geben darf, steht noch nicht ganz fest, aber wir freuen uns besonders, die wundervolle Miss Eden Jones aus Manhattan als die Frau an der Seite meines Sohnes John James III. von Preston vorzustellen. Miss Jones ist eine aufstrebende Autorin und wird demnächst ihren ersten Roman veröffentlichen. Die beiden …"

„Sie ist eine Lügnerin."

Eden zuckte zusammen. Im ersten Moment wusste sie nicht, wer das gerufen hatte, doch dann sah sie zu Courtney hinüber, die sie breit, gehässig und triumphierend angrinste. Gemurmel brach im Saal aus.

„Courtney, was zum Teufel soll das nun schon wieder?", fragte John James ernst. Er blickte seine zukünftige Schwiegertochter böse an. Die ging, ohne mit der Wimper zu zucken, an ihm vorbei und auf das Mikrofon zu.

„Ich habe recht. Eden Jones ist eine Lügnerin. Und ich habe genügend Beweise." Courtney fummelte an ihrem Abendtäschchen herum und förderte eine in Plastik eingeschweißte

Karte zutage. Eden musste nicht zweimal hinsehen, um zu wissen, worum es sich dabei handelte. Ihren höchsteigenen Presseausweis.

„Eden Jones ist weder eine Autorin, die demnächst einen Roman herausbringt, noch ist sie die feste Freundin von Jay. Sie ist eine Reporterin fürs Glamerica-Magazin. Die beiden kannten sich bis vor ein paar Tagen noch gar nicht." Courtney holte weitere Papiere aus ihrer Tasche, die sie entfaltete. „Das hier sind ihre Briefingunterlagen. Jemand hat spitzgekriegt, dass ein weiterer britischer Royal in den Hafen der Ehe einläuft. Diese Unterlagen hier bestätigen alles. Es sind Lebensläufe, Kopien von Memos und Interviews und die Aussage einer Londoner Juweliersangestellten, die der Presse den Tipp mit der Verlobung gegeben hat, dabei. Eden Jones hat uns alle an der Nase herumgeführt. Sie hat unser Vertrauen missbraucht und sich Zuneigung erschlichen. Sie hat uns vorgespielt, eine von uns zu sein, dabei waren wir nur eine Story für sie von Anfang an. Und ich weiß nicht, wie sie es geschafft hat, Jay einzuwickeln. Ihn dazu zu bekommen, sie als seine Freundin auszugeben. Aber wenn ich eines weiß, dann, dass auch diese ‚Beziehung' eine einzige Lüge ist."

***

Eden fühlte sich schrecklich und wie vor einem Kriegstribunal, als sie wenige Augenblicke später in einem Nebenraum des Ballsaals auf einem Sofa saß. Die Prestons hatten sich um sie herumgeschart. Während Jay und sein Vater sie böse anblickten, sprach aus Helens Blick pure Enttäuschung.

„Bist du wirklich eine Reporterin, Eden?", fragte Helen so, als hätten all die Beweise, die Courtney vorgelegt hatte, nicht gereicht, und sie würde hoffen, dass das alles hier einfach ein schreckliches Missverständnis war. Sie atmete einmal tief durch.

„Ja", sagte sie schließlich. „Ich arbeite seit über einem Jahr für das Glamerica-Magazin. Und beschäftige mich dort mit Lifestylethemen."

„Und du und Jay, ihr seid gar kein Paar? Ihr habt uns die ganze Zeit über angelogen?"

Eden sah Jay an. Nach allem, was in den letzten Tagen passiert war und was er ihr gesagt hatte … ja, da waren sie sehr wohl ein Paar. Hilflos sah Eden Jay an, der ihren Blick aus eiskalten Augen erwiderte.

„Wir sind kein Paar. Wir waren nie eines. Wir haben euch etwas vorgespielt, weil ich … verletzt war, weil Alex mit Courtney hier ist. Alles, was in den letzten Tagen zwischen Eden und mir passiert ist, war schlechte Schauspielerei. Kein einziges wahres Gefühl steckte dahinter. Es tut mir leid, dass ich euch an der Nase herumgeführt habe. Es war meine Schuld. Ich hätte Eden gar nicht erst in unser Haus bringen dürfen." Edens Herz brach.

„Bitte, kann ich erklären, was …", begann sie.

„Wir sind an deinen Erklärungen nicht interessiert, Eden", sagte John James II. böse. „Du hast uns angelogen und hinters Licht geführt. Über Tage hinweg hast du uns glauben lassen, du wärst Teil unserer Familie, dabei hast du uns ausgehorcht und wolltest deinen Vorteil aus der Situation schlagen. Ein Wagen wird dich auf Preston Manor bringen, wo du deine Sachen packst und das Anwesen innerhalb einer Stunde verlässt."

„Okay", sagte Eden resigniert. Sie bemerkte, dass es im Augenblick keinen Sinn machte, zu versuchen, sich zu erklären.

„Und zieh dieses Kleid aus", sagte John James II. „Du bist die Letzte, die es verdient, es zu tragen."

Eden stand auf. Sie war sich nicht sicher, ob ihre Beine ihr Gewicht würden tragen können, so zittrig fühlte sie sich. Sie hatte alles restlos vermasselt.

„Wenigstens hast du deine tolle Story jetzt", sagte Alex gehässig.

Eden sah Jay an, der neben der Tür stand.

„Jay, bitte, ich …"

Jay hielt Eden seine Handfläche blockierend vors Gesicht. „Lass es einfach und verschwinde aus meinem Leben, Eden."

VIERZEHN

Als Eden an diesem Morgen aus der Ankuftshalle des JFK kam, schneite es auch in New York ununterbrochen. Die weiße Pracht hatte sich in einer dicken Decke über alles gelegt, was ihr im Wege war. Und obwohl Eden sich so sehr auf Weihnachten in New York gefreut hatte, war ihr jetzt zum Heulen zumute. Kraftlos ließ sie sich in ein Taxi sinken und nannte dem Fahrer ihre Adresse. Ihre Mutter hatte ihr einige Nachrichten hinterlassen, in denen sie erfragte, ob Eden denn nun die Feiertage in Boston verbringen würde. Sie war hin- und hergerissen. Auf der einen Seite hatte sie keine große Lust, Weihnachten ganz allein in Manhattan zu bleiben und sich den Kopf darüber zu zermartern, was hätte passieren müssen, damit der Bruch zwischen ihr und Jay hätte gekittet werden können. Auf der anderen Seite war sie aber bestimmt die Falsche, wenn es darum ging, ein Friede-Freude-Eierkuchen-Weihnachten mit der Familie zu feiern und so zu tun, als wäre alles in bester Ordnung. Mit ihrer Laune würde sie den anderen auch noch das Fest verderben.

Sie machte ihr Handy an, als sie im Taxi saß. Dean hatte bereits achtmal angerufen. Noch in der Nacht, als sie auf dem Flughafen wartete, um den Nachtflug zu erwischen, hatte er sie mit Anrufen und Nachrichten bombardiert. Dass Alex und

Courtney verlobt waren, war längst verbreitet worden. Jetzt wollte Dean wissen, was für eine Story Eden würde liefern können. Hätte sie gewollt, hätte sie eine Megastory abgeliefert. Sie hatte in den vergangenen Tagen Einblicke in den royalen Alltag erhalten wie kaum jemand anderes. Sie hätte dem Leser die Prestons auf dem Präsentierteller servieren können. Und jemand anderer hätte das an ihrer Stelle vermutlich auch getan. Immerhin hatten sie ihr keine Gelegenheit gegeben, sich zu erklären, und sie sofort weggeschickt. Praktisch, um sich zu rächen und weil sie ohnehin nichts mehr zu verlieren hatte, hätte sie einen Mehrseiter abliefern können. Doch sie würde rein gar nichts schreiben. Und das würde sie Dean, der gerade in diesem Moment erneut anrief, auch klipp und klar ins Gesicht sagen.

„Hallo, Dean", sagte sie kraftlos, als sie das Gespräch entgegennahm.

„Prinzessin, hallo", sagte Dean bester Laune. „Ich weiß zwar mittlerweile, dass der jüngere Sohn der Prestons sich verlobt hat, aber nachdem du mehrere Tage bei ihnen Hof gehalten hast, gehe ich davon aus, dass du mir etwas ganz besonders Feines präsentieren wirst."

„Ich habe nichts", sagte Eden monoton. Sie konnte förmlich vor sich sehen, wie Deans Lachen einfror.

„Was?"

„Ich habe nichts", wiederholte sie.

„Was heißt, du hast nichts? Du hast doch mehrere Tage mit den Prestons auf deren Anwesen verbracht, oder etwa nicht?"

„Stimmt. Und trotzdem habe ich nichts. Ich werde keinen Artikel über sie verfassen. Weder über die Verlobung noch über sonst etwas, was sie betrifft. Ich kann das nicht, Dean. Ich will keine Regenbogenpresse-Journalistin sein, die Prominenten nachstellt, um ein Foto von ihnen in einem ausgebeulten Jogginganzug zu ergattern."

„Stellst du Glamerica also als Regenbogenpresse hin?", rief Dean aufgebracht.

„Nein. Du weißt, wie das gemeint war. Ich … habe die Familie liebgewonnen. Und ich werde nichts tun, um ihre Privatsphäre in irgendeiner Art und Weise zu gefährden."

„Das ist nicht dein Ernst. Jones, so blöd kannst du doch gar nicht sein, oder? Ich meine, dir ist doch klar, dass du gefeuert bist, wenn du diesen Artikel nicht ablieferst." Dean lachte so, als wäre das alles nur ein dummer Witz, den Eden gerade machte.

„Dean, dir ist doch hoffentlich klar, dass das mein Ernst ist. Ich bringe keine Artikel über die Prestons. Tut mir leid."

Dean schnaubte. „Ist das wirklich dein letztes Wort, Jones?"

„Ja. Mein allerletztes."

„Gut. Dann bist du hiermit gefeuert. Du erhältst deinen letzten Gehaltsscheck nach den Feiertagen von der Personalabteilung. Deinen persönlichen Kram soll dir Ginger mitbringen. In der Redaktion hast du nichts mehr zu suchen, ist das klar? Frohe Weihnachten." Ohne eine Erwiderung abzuwarten, legte er auf.

FÜNFZEHN

Die Stimmung war gedrückt, als die Prestons nach dem Bankett zurück auf ihr Anwesen kamen. Nur Courtney schien, seit Eden verschwunden war, seltsam aufgekratzt. Sie war bester Laune, scherzte in einem durch und man hatte den Eindruck, als hätte sie gerade einen Orden verliehen bekommen. Andererseits war an diesem Abend ihre Verlobung mit Alex bekanntgegeben worden. Gut möglich, dass sie wirklich deshalb so außer sich vor Freude war.

„Es war ein harter Tag, lasst uns zu Bett gehen", sagte John James II., als sie die Eingangshalle des Anwesens betraten. Jay fühlte sich irgendwie leer. Es kam ihm so vor, als wäre ihm etwas entrissen worden, was ihm nicht nur immens wichtig gewesen war, sondern was auch einen Teil von ihm darstellte. Während die anderen nach oben gingen, ging er in die Küche und machte sich einen Drink. Er hatte keine große Lust darauf, in das Schlafzimmer zu gehen, das er sich bis vor wenigen Stunden noch mit Eden geteilt hatte. Wie hatte er sich nur so in ihr täuschen können? Sie hatte so echt gewirkt, in allem, was sie getan, was sie gesagt hatte. Er hätte die Hand für sie ins Feuer gelegt, dass sie ehrlich mit ihm war. Und jetzt …

Er goss sich etwas Whiskey in ein Glas und leerte es mit einem Zug. Erinnerungen kamen in ihm hoch. Wie er Eden gefunden hatte, wie vorwitzig und lebensfroh sie gewesen war.

Wie er sie zum ersten Mal geküsst hatte und wie er realisiert hatte, dass er in sie verliebt war. Natürlich. Es war zu schön gewesen, um wahr zu sein. Und sie hatte sich natürlich von ihrer allerbesten Seite zeigen müssen, um an Material für ihre Story zu kommen. Es sagte ungemein viel über den Charakter eines Menschen aus, wenn er andere so an der Nase herumführte und belog. Jay goss noch etwas Whiskey nach. Selbst, als sie aufgeflogen war, hatte sie ihre Rolle immer noch erstklassig gespielt. Sie hatte so echt und verletzt gewirkt, als sein Vater sie gebeten hatte, zu gehen. Sie hatte gesagt, sie würde die Story nicht schreiben, aber das war vermutlich nur eine Ausflucht, um ihr Gesicht zu wahren. Sie hatte versucht, sich ihm zu erklären, aber er hatte es nicht zugelassen. Zurecht nicht. In all der Zeit, die sie gemeinsam verbracht hatten, hatte sie es nicht geschafft, ihm die Wahrheit zu sagen. Wenn sie ihn wirklich gern gehabt hätte, dann hätte sie ihm doch die Wahrheit sagen müssen, oder etwa nicht? Im war danach, sein Glas quer durch die Küche zu schleudern, doch er hatte sich so weit unter Kontrolle, es nicht zu tun und sich stattdessen nur weiteren Whiskey einzugießen.

„Du bist noch wach?"

Jay drehte sich um. Courtney stand in der Küche. Sie trug ein durchsichtiges Neglige und einen Push-up-BH. Außerdem hatte sie ihr Make up aufgefrischt. Jay fragte sich, wer sein Make up auffrischte, wenn er dabei war, ins Bett zu gehen.

„War ein langer Tag heute", sagte er und nahm einen Schluck Whiskey, während Courtney auf ihn zu kam.

„Weißt du, ich finde es gar nicht so schlecht, dass Eden getan hat, was sie getan hat", sagte sie nun. Jay sah sie an. „Ich meine, manchmal braucht man eben einen gewissen Anstoß, um sich über einige Dinge klar zu werden."

Jay sah Courtney verständnislos an.

„Ich will damit sagen, dass das ganze vielleicht ein Wink des Schicksals gewesen ist."

„Ein Wink des Schicksals?"

„Ja. Vielleicht musste das alles so kommen, damit … wir alle herausfinden, wer zusammengehört und wer nicht." Sie kam noch einen Schritt näher und Jay fiel es wie Schuppen von den Augen. Courtney machte ihn an.

„Courtney. Halt. Stopp", sagte er. „Das, was du hier tust ist keine gute Idee. Du hast dich heute abend mit meinem Bruder verlobt und die Verlobung ist bereits offiziell. Also sieh zu, dass du rauf in euer Zimmer kommst und ich vergesse alles, was hier eben passiert ist."

„Aber vielleicht … will ich gar nicht, dass du vergisst, was hier passiert?" Sie kam noch einen Schritt näher und stand jetzt so nah bei ihm, dass sich ihre Körper fast berührten. Jay wich ihr aus.

„Courtney, hör auf mit dem Scheiß zur Hölle", sagte er. Er versuchte, seine Stimme im Zaum zu halten, um die anderen nicht zu wecken. Courtney sah ihn verständnislos an.

„Ach komm schon Jay, ich habe bemerkt, wie du mich angesehen hast, seit ich über die Schwelle getreten bin. Und was es mit dir angestellt hat, als du erfahren hast, dass Alex und ich heiraten. Du hast doch vorhin selbst zugegeben, dass du Eden nur als deine Freundin ausgegeben hast, weil du wegen mir und Alex aufgewühlt warst."

„Ich … ja, das kann schon sein, aber …"

Courtney legte ihren rechten Zeigefinger auf seine Lippen. „Shht", sagte sie, „wir haben jetzt die Chance, noch einmal ganz von vorne anzufangen."

„Du bist mit meinem Bruder verlobt, Courtney", sagte Jay. Wut stieg in ihm auf. Zog Courtney hier dasselbe Spiel mit ihm ab, wie sie es getan hatte, als sie auf seinen Cousin Harry scharf gewesen war?

„Verlobungen kann man lösen", sagte Courtney und ihre Stimme hatte einen lasziven Unterton angenommen, „Alex wird doch selbst einsehen, dass er nicht der Typ Mann ist, der eine Frau wie mich halten kann …"

„Was?" Jay sah sie böse an.

„Ach Darling, ich habe das alles für uns getan", sagte Courtney säuselnd, „ich wusste, dass es ein Fehler war, als wir uns damals getrennt hatten. Und wie hätte ich denn sonst an dich herankommen sollen?"

„Du sagst mir hier also, dass du dich an meinen Bruder rangeschmissen und seine Gefühle ausgenutzt hast, um an mich ranzukommen?"

„Ich habe für unsere Beziehung gekämpft. Ich habe für uns gekämpft."

Jay sah Courtney entrüstet an. Als sie bei dem Bankett plötzlich mit der Information aufgewartet war, dass Eden eine Reporterin war, war ihm das schon seltsam vorgekommen. Woher hatte sie all diese Infos bekommen? Doch jetzt fiel es ihm wie Schuppen von den Augen. Natürlich. Edens Gepäck war an diesem Nachmittag endlich gebracht worden, nachdem es zahlreiche Ehrenrunden durch ganz Amerika gedreht hatte. Courtney hatte sich nicht nur an Alex rangeschmissen, um Jay wieder nahe sein zu können, sie hatte auch noch Edens Gepäck durchsucht. Und Unterlagen entwendet, die sie eigentlich nichts angegangen wären. Mit einem Mal durchzuckte ein Gedanke Jays Kopf. Was, wenn Eden gar nicht geschwindelt hatte. Was, wenn sie wirklich nicht vorhatte, diesen Artikel zu schreiben. Vielleicht … hatten die letzten Tage in ihr genau das verändert, was sich auch in ihm selbst verändert hatten. Nämlich, dass er sich verliebt hatte. Er bereute, dass er Eden nicht die Chance gegeben hatte, sich zu erklären, aber alles war so schnell gegangen. Und die Prestons hatten schon in Großbritannien genug üble Erfahrungen mit übereifrigen Reportern gemacht. Von welchen, die sich extra als Hausangestellte anheuern ließen bis zu denen, die tagelang vor dem Anwesen in irgendwelchen Büschen ausharrten war alles dabei gewesen. Alles, was die Prestons taten und machten wurde von Reportern mit Argusaugen betrachtet, nur um im Nachhinein ausgeschlachtet und obendrein mit Unwahrheiten ausgeschmückt zu werden. Reporter hatten keinen guten Stand bei den Prestons. Und als sich herausgestellt hatte, dass Eden für ein Magazin in New York arbeitete, lag auf der Hand, dass man ihr ein gewisses Unbehagen entgegenbrachte.

„Baby, wir können noch einmal von ganz vorne anfangen", sagte Courtney wieder, „wir haben die Chance auf einen Neuanfang."

„Du ziehst dasselbe Ding mit Alex ab, wie du mit mir wegen Harry abgezogen hast", sagte Jay böse. Nicht Eden war diejenige, die man hätte bitten sollen zu gehen. Sondern Courtney.

„Ich habe das für uns getan", rechtfertigte Courtney sich.

„Uns? Du hast noch nie in deinem Leben etwas für andere getan, Courtney. Du bist dir selbst immer die nächste." Wutentbrannt verließ Jay die Küche.

Er war außer sich, als er auf sein Zimmer kam. Am liebsten hätte er seine Eltern und Alex geweckt, doch das alles hatte Zeit bis morgen. Wenn Courtney wusste, was gut für sie war, dann würde sie ohnehin von selbst die Initiative ergreifen und die Angelegenheit aufklären. Er hätte wissen müssen, dass diese Frau nichts Gutes bedeutete, doch was hätte es schon gebracht, wenn er Alex vor ihr gewarnt hatte. Der hatte die rosarote Brille aufgehabt und wäre bestimmt nicht für Ratschläge seines Bruders empfänglich gewesen.

Als Jay die Tür hinter sich schloss, fiel sein Blick auf einen Haufen Papier, der auf dem Bett verstreut worden war. Als er einen Schritt darauf zu machte, bemerkte er, dass es sich bei den Blättern um Notizen handeln musste. Er nahm eine davon in die Hand und ging sie durch. Es waren Notizen. Eden musste sie in einer ruhigen Minute gemacht haben. Sie drehten sich um die Prestons, ihren Stand in Großbritannien und die Verbindungen zu den Windsors, darum, dass einer der Söhne der Prestons vermutlich gedachte zu heiraten. Auf einem weiteren Blatt hatte Eden den Moment notiert, wie Alex und Courtney angekommen waren. Und von den Spannungen, die sie bei Jay bemerkt hatte. Eden hatte sich eine Menge Notizen gemacht und daraus vermutlich einen mehrseitigen Artikel über seine Familie bringen können. Doch … sie hatte alles hiergelassen. Warum? Sein Blick fiel auf ein weiteres, dich beschriebenes Blatt, das unter allen anderen lag. Er zog es heraus und setzte sich auf die Bettkante, bevor er zu lesen begann:

„Als ich vor einigen Tagen auf dem La Guardia Airport in New York darauf wartete, dass mein Flug nach Colorado bordete, hatte ich eine Mission. Ich sollte … nein, ich musste herausfinden, welcher britische Prinz sich mit welcher jungen Frau verlobte, um für Leser rund um den Erdball eine gelungene Story zu präsentieren. Wichtig sind bei solchen Geschichten natürlich immer pikante Einblicke, ganz private Dramen

und Dinge, die sonst nicht für die Öffentlichkeit bestimmt sind. Wenn man Reporterin ist, dann muss man sich eben damit auseinandersetzen, in der Schmutzwäsche von anderen herumzuwühlen und ... bei Gott, ich war bereit dazu, als ich Richtung Colorado abhob.

Das, was mir dann passierte, kann man wohl Schicksal nennen. Mein Flug hatte Verspätung, mein Gepäck kam nicht an und zu guter Letzt wurde mir ein Mietwagen vermietet, der „Mätzchen" machte. Diesen „Mätzchen" hatte ich es am Ende des Tages übrigens auch zu verdanken, dass ich einen ganz besonderen Zugang zu den Personen bekam, über die ich eigentlich berichten sollte. Den Herzog und die Herzogin von Preston sowie deren Söhne, John James III. und Alexander. Einer von beiden sollte sich an Weihnachten mit seiner Freundin verloben. Ich weiß nicht, ob es das Schicksal war, eine glückliche Fügung oder etwas Nachhilfe vom Weihnachtsmann, aber anstatt den Prestons wie zahlreiche Kollegen hinterherzujagen, Einwohner zu schmieren und zu versuchen, an irgendeine Information zu gelangen, hatte ich das große Glück, mehrere Tage mit der Familie verbringen zu dürfen. Als eine von ihnen. In diesem Tagen ist mir eines bewusst geworden: als Reporter alles dafür zu tun, pikante Details von Prominenten an die große Glocke zu hängen ist vermutlich eines der schäbigsten Dinge, die man tun kann. Ich war die ganze Zeit über liebevoll in der Familie aufgenommen, man hat sich um mich gekümmert und sich für mich interessiert, ich hatte das Gefühl, als würde ich vollkommen dazugehören. Und ja, ich hab diese Situation ausgenutzt und begonnen, an einem Artikel zu arbeiten, der so einiges enthüllt hätte. Immerhin hatte ich Einblicke in Gegebenheiten und Situationen, wie sie anderen verwehrt geblieben sind. Eine ganz große Beförderung wäre mir sicher gewesen, hätte ich diesen Artikel geschrieben und abgegeben. Doch dann wurde mir bewusst, dass es falsch wäre, auch nur ein Wort über die Prestons zu verlieren, dass das wiedergibt, was der Leser eines Klatschmagazines gerne lesen möchte. Der Herzog und die Herzogin von Preston sind, genauso wie ihre beiden Söhne, großartige Menschen. Warmherzig und liebevoll haben sie mich aufgenommen, als wäre ich eine von Ihnen. Sie haben mir das Gefühl gegeben, etwas Besonderes zu sein und mir war schnell klar, dass ich niemals im Leben einen Artikel über diese reizenden Menschen verfassen kann. Ich kann nur eines tun – dafür plädieren, diesen Menschen ihre Privatsphäre zu lassen und nicht alles, was sie tun, auf dem Silbertablett zu präsentieren.

Ich für meinen Teil habe einen Entschluss gefasst. Ich möchte nicht mehr länger Societyreporterin sein. Dies hier wird mein letzter Artikel in dieser Richtung sein.

HEILIGABEND

SECHZEHN

Eden seufzte, als sie aus dem Taxi stieg, das vor ihrem Elternhaus angehalten hatte. In den letzten vierundzwanzig Stunden war derart viel passiert, dass sie es immer noch nicht fassen konnte. Nicht nur, dass sie ihren persönlichen Märchenprinzen verloren hatte, war sie obendrein auch noch gefeuert worden. Das Leben konnte manchmal mit voller Wucht zuschlagen – dass dabei Weihnachten war, schien auch keine Rolle zu spielen. Eden hatte kurz überlegt, ihre Freundinnen anzurufen und ihnen mitzuteilen, dass sie nicht länger Teil von Glamerica war, doch dann hatte sie beschlossen, es sein zu lassen. Die anderen Glamericagirls sollten ihre Feiertage verbringen, ohne mit Bürostress konfrontiert zu werden. Außerdem – was hätten sie auch tun sollen? Wenn Eden ehrlich mit sich selbst war, dann war der Job bei Glamerica ohnehin nicht das gewesen, was sie immer hatte machen wollen. Ja, sie hatte ihr Leben lang als Journalistin gearbeitet, aber eigentlich hatte es sie immer mehr zur Romanschreiberei hingezogen. Vielleicht musste sie sich jetzt zusammennehmen und das einzig Gute aus ihrer verfahrenen Situation herausziehen. Nämlich die Möglichkeit für einen Neustart. Sie seufzte. Dass sie ihren Job los war, war kein allzu großes Drama. Sie hatte in den vergangenen Monaten so einiges angespart und würde erst einmal auch gut über die Runden kommen, wenn sie nicht sofort wieder in einer anderen Redaktion anheuerte. Sie hatte also wirklich genügend Zeit, um sich darüber klar zu werden, was sie machen wollte. Doch die Sache mit Jay ließ sich nicht mehr geradebiegen. Eden fühlte sich rastlos. Sie wünschte sich nichts sehnlicher, als sich mit Jay aussprechen zu können. Auch wenn ihr klar war, dass es keine Chance auf eine Versöhnung mehr gab, so wollte sie zumindest, dass sie ihm sagen konnte, wie leid es ihr tat. Und dass sie wirklich nicht vorgehabt hatte, diesen Artikel zu schreiben. Doch Jay war für sie überhaupt nicht greifbar. Sie hatten noch nicht einmal Telefonnummern ausgetauscht und selbst wenn – Jay war ein Prinz. Und würde mit einer verlogenen Reporterin ohnehin nichts mehr am Hut haben wollen.

„Eden? Was stehst du denn da draußen in der Kälte herum?" Debbie, Edens Mutter war vor die Tür gekommen. Offensichtlich hatte sie ihre Tochter auf dem Bürgersteig herumstehen sehen.

„Hallo, Mum", sagte Eden, die sich jetzt aus ihrer Schockstarre löste. Ihre Eltern wussten rein gar nichts von Edens Dilemma. Weder von ihrer Kurzzeitbeziehung mit einem echten britischen Prinzen noch von der Tatsache, dass sie ab sofort arbeitslos war. Und sie würden zunächst auch nichts davon erfahren. Zumindest so lange nicht, bis es die Vorkommnisse des vergangenen Abends in irgendeine Lifestyleshow schafften, die ihre Mutter förmlich verschlang. Wie kam ihre Familie dazu, sich die Feiertage verderben zu lassen, weil Eden es mit dreiunddreißig noch immer nicht geschafft hatte, ihr Leben auf die Reihe zu bekommen?

„Na, komm schon rein, oder möchtest du an Weihnachten krank im Bett liegen?", fragte Debbie, kam auf ihre Tochter zu und schloss sie in die Arme.

***

Einige Zeit später fühlte Eden sich – den Umständen entsprechend – zumindest ein kleines bisschen besser. Sie hatte eine heiße Dusche genommen, ihr altes Kinderzimmer wieder bezogen und ihren Lieblingsjogginganzug angezogen. Das Haus war weihnachtlich dekoriert und der große Tannenbaum im Wohnzimmer erstrahlte in hellem Lichterglanz. Jetzt saß sie mit ihrem Vater vor dem Fernseher und sah sich einen Simpsons-Weihnachtsmarathon an, während sie Kekse aßen und Kakao tranken. Aus der Küche duftete es bereits köstlich nach Debbies alljährlichem Heiligabendtruthahn, auf den Eden sich schon im Januar wieder freute. Später an diesem Tag würde sie mit ihren Eltern auf den Weihnachtsmarkt in ihrem Viertel gehen, sich das Hirtenspiel ansehen, bei dem die Enkelin der Nachbarn mitspielte, und abends würde die Familie gemütlich beisammensitzen, Truthahn essen und jeder ein Geschenk auspacken dürfen, bevor es schließlich ins Bett ging.

Sie kuschelte sich etwas fester in die Decke ein, die ihr Vater ihr über die Beine gelegt hatte, und sah sich in ihrem Elternhaus um. Alles war festlich dekoriert, überall standen Weihnachtsmänner, Elfen, Wichtel und Engel und es duftete nach Zimt und Orange. Homer Simpson war im Fernsehen gerade dabei, einen Baum im Wald zu fällen, weil er zu geizig war, einen zu kaufen. Wehmütig dachte sie kurz an Jay und seine Familie. Daran, wie sie die Feiertage wohl verbringen würden, und daran, dass sie schuld war, dass sie ihnen das Fest in gewisser Weise verdorben hatte. Eden fragte sich, wie lange es wohl dauern würde, bis die Infos aus dem Regionalsender von Fellow Springs es nach New York schafften. Oder nach Boston zu ihren Eltern. Es würde wohl wie ein Kreuzverhör werden, wenn Debbie spitzkriegte, dass ihre Tochter mehrere Tage mit britischen Royals verbracht hatte und für wenige Augenblicke offiziell die Freundin eines Prinzen gewesen war.

Sie wurde aus ihren Gedanken gerissen, als ihre Mutter ins Wohnzimmer kam.

„Der Truthahn brutzelt vor sich hin und so weit ist alles für heute Abend vorbereitet", sagte Debbie und pustete sich theatralisch eine Haarsträhne aus der Stirn. „Bekomme ich meine Familie dazu, sich heute noch von diesem Sofa wegzubewegen, oder muss ich alleine auf den Weihnachtsmarkt?"

Eine Stunde später marschierte Eden neben ihren Eltern durch den Weihnachtsmarkt und fühlte sich in der Zeit zurückversetzt. Schon als ganz kleines Kind waren ihre Eltern mit ihr an Heiligabend hierhergekommen, und seither hatte sie kein Jahr ausgelassen, in dem sie den Markt nicht besuchte. Ein kleines bisschen Weihnachtsstimmung kam in ihr auf, als sie beim Krippenspiel zusah und der Gesangsverein aus der Nachbarschaft Weihnachtslieder von Frank Sinatra zum Besten gab. Solange Eden nicht an Jay dachte, war alles gut. Doch dann schwappten Gedanken an ihn wieder über sie herein wie eine Welle aus Schmerz und drohten, sie mit sich zu reißen. Eden hatte keine Möglichkeit, sich bei Jay zu entschuldigen oder zu versuchen, ihm zu erklären, was vorgefallen war. Wäre es bei einem „normalen" Kerl schon ziemlich schwierig gewesen, die Dinge wieder geradezurücken, so war es bei einem Prinzen wie Jay ein Ding der Unmöglichkeit. Zumindest war Eden die Entscheidung abgenommen worden, weiterhin für Glamerica zu arbeiten. In den letzten Monaten hatte sie die Mädels in der Redaktion zwar liebgewonnen, und sie war auch dankbar dafür gewesen, dass Ginger ihr die Stelle verschafft hatte, doch tief in ihrem Herzen hatte sie gewusst, dass sie nicht für immer für ein Hochglanzmagazin würde arbeiten wollen. Sie wollte schreiben. Richtig schreiben. Sie wollte Romane veröffentlichen und Menschen mit ihren Geschichten verzaubern.

Nachdem sie mit ihren Eltern etwas Weihnachtspunsch getrunken und sich mit alten Schulfreundinnen unterhalten hatte, die sie alle dafür bewunderten, dass sie für Glamerica arbeitete und Schauspieler und Rockstars aus nächster Nähe kennenlernen durfte, senkte sich die Dämmerung über den Bennett-Park, in dem der Weihnachtsmarkt abgehalten wurde.

„Wir sollten uns dann auf den Rückweg machen, nicht, dass der Puter verbrennt", meinte Debbie. Sie hatte bei einem Stand für Kunsthandwerk noch einige handbemalte Weihnachtskugeln gekauft, und Eden fragte sich, wo ihre Mutter diese Kugeln am Baum noch anbringen wollte. Der Baum war jetzt schon über und über mit Kugeln, Lichterketten und Girlanden geschmückt, und ihr Vater hatte am Nachmittag darüber gescherzt, dass er so schwer war, dass er vermutlich demnächst in den Keller durchbrechen würde.

„Klingt gut, Schatz", sagte Mike, Edens Vater. „Ich habe einen Bärenhunger."

Die drei gingen nebeneinander auf den Ausgang zu, als Eden eine kleine Bude entdeckte, an der handgeschöpfte Schokoladenweihnachtsmänner verkauft wurden. Hinter der Theke stand ein Mann im Weihnachtsmannkostüm.

„Geht schon mal vor, ich komme gleich nach", sagte Eden. Sie empfand es als eine gute Idee, wenn sie als Nachtisch für sich und ihre Eltern Schokoladenweihnachtsmänner mitbringen würde. Sie trat auf den Stand zu. Weihnachtsmänner in allen Größen und Formen, in Milchschokolade, dunkler und weißer Schokolade standen in Reih und Glied in einer kleinen Vitrine. Sie sahen köstlich und unglaublich kunstvoll aus. Eden sah dem Weihnachtsmann dabei zu, wie er flüssige Schokolade in eine Form goss und sie verschloss. Dann nahm er eine weitere Form, die bereits ausgekühlt sein dürfte, und öffnete sie. Ein makelloser Milchschokolade-Weihnachtsmann kam daraus hervor. Ihre Mutter, die ungefähr dieselbe Leidenschaft für Schokolade hatte wie Eden selbst, würde begeistert sein. Eden wartete noch, bis der Weihnachtsmann eine zweite Form – diesmal mit dunkler Schokolade – gefüllt hatte. Dann wandte er sich an sie.

„Hallo, Eden, na, was kann ich dir Gutes tun?"

Mit großen Augen sah sie den Weihnachtsmann an. Kannte er sie? War er jemand aus der Nachbarschaft? Sie hatte so einen großen Mann wie ihn noch nie gesehen und auch die polternde, sonore Stimme kam ihr nicht bekannt vor. Und … dieser Weihnachtsmann hier wirkte so echt. Nicht so offensichtlich verkleidet wie all die Weihnachtsmänner, die einem ab November überall begegneten in ihren 29,95-Kostümen von Walmart oder Target. Eden hätte schwören können, dass dieser Weihnachtsmann hier echt war. Sein Kostüm allein wirkte so viel realistischer, als es die billigen Kostüme taten, die andere trugen. Und sein Bart war definitiv echt. Die goldene Schnalle an seinem breiten, schwarzen Ledergürtel funkelte hell. Eden schüttelte kurz den Kopf. Wenn dieser Mann sein Geld damit verdiente, auf Weihnachtsmärkten Schokoladenweihnachtsmänner zu verkaufen, dann war es nur logisch, dass er selbst wie ein authentischer Weihnachtsmann aussah. Immerhin würde er auf diese Art und Weise einiges mehr an Kundschaft anlocken können. Und … dass er ihren Namen gewusst hatte … vielleicht hatten ihr Vater oder ihre Mutter ihn vorhin ausgesprochen, als er in der Nähe war. Hatte nicht ein Weihnachtsmann, als sie beim Krippenspiel waren, neben ihnen gesessen? Oder vielleicht hatte sie sich am Ende nur verhört und der Weihnachtsmann hatte sie gar nicht bei ihrem Namen angesprochen.

„Ich … hätte gerne zwei große Weihnachtsmänner mit Milchschokolade und einen mit weißer Schokolade", sagte sie. „Und dann noch eine Tüte mit den kleinen dort vorne." Sie deutete auf eine Vitrine, in der sich kleine Weihnachtsmänner aller Geschmacksrichtungen befanden. Die würden sich perfekt für den nächsten Tag eignen, wenn große Familienfeier angesagt war. Behutsam nahm der Weihnachtsmann zwei seiner Schokoladenkollegen aus der Vitrine und legte sie in einen Karton. Dasselbe machte er mit den kleinen Weihnachtsmännern aus der anderen Vitrine. Schließlich packte er alle Kartons in eine Papiertüte und stellte sie auf seinem Tresen ab.

„Das macht dann 33,95, Eden", sagte er. Eden kniff die Augen zusammen. Diesmal hatte er ihren Namen definitiv ausgesprochen. Hatte sie sich zuvor noch einreden können, sich verhört zu haben, so war es dieses Mal ganz klar gewesen, dass er sie beim Namen genannt hatte. Eden kramte ihren Geldbeutel aus ihrer Tasche und schob dem Weihnachtsmann zwei Zwanziger hin. „Stimmt so", sagte sie.

„Danke, Eden", sagte der Weihnachtsmann. Eden warf ihm noch einmal einen Blick zu, erinnerte sich aber nicht, ihn jemals gesehen zu haben. Vermutlich, so dachte sie bei sich, handelte es sich bei ihm um jemanden, den sie lange nicht gesehen hatte. Vielleicht den Hausmeister aus ihrer Grundschule. Oder den Mann ihrer Kindergartentante von damals. Sie erinnerte sich, dass der zumindest immer eine Art Rauschebart trug. Vielleicht hatte er sie mit ihren Eltern gesehen und sie wiedererkannt. Ja. Irgend so etwas in der Art musste es auf alle Fälle sein.

„Gern geschehen", sagte sie und nahm ihre Tüte. „Und fröhliche Weihnachten."

„Eden?"

Sie drehte sich zu dem Weihnachtsmann um. „Ja?"

Er hielt etwas in seiner Hand, das er ihr reichte. Eden öffnete ihre Handfläche und der Weihnachtsmann ließ etwas Kleines hineinfallen. „Bewahr es so lange für ihn auf, ja?", sagte er und zwinkerte ihr zu. Eden öffnete ihre Handfläche und sah einen kleinen, hölzernen Weihnachtsmann darin liegen. Er musste schon steinalt und sehr wertvoll sein. Zuerst wusste Eden nichts mit der kleinen Figur anzufangen und hatte auch keine Ahnung, für wen sie sie „aufbewahren" sollte, aber dann fiel ihr der Traum wieder ein, den sie auf Preston Manor gehabt hatte. An jenem Nachmittag, als sie und Jay im Wintergarten nebeneinander eingeschlafen waren. Der Traum, in dem sie mit Jay verheiratet gewesen war und ihr kleiner Sohn Angst vor dem Weihnachtsmann gehabt hatte. Eden blieb für einen Augenblick die Luft weg. Das hier … war absolut unmöglich. Sie sah sich die kleine Figur in ihrer Hand an und erinnerte sich daran, wie sie in der Hand des kleinen Jungen aus ihrem Traum gelegen hatte. Dieselbe Figur. Dieselben filigranen Details an Gesicht und Gewand.

„Eden, kommst du?"

Sie wurde aus ihren Gedanken gerissen, als ihr Vater neben ihr auftauchte. „Deine Mum hat Panik, dass das ganze Viertel abfackelt, wenn sie nicht sofort den Truthahn aus dem Ofen holt." Er schmunzelte.

„Oh, ja, ich bin so weit", sagte Eden und drehte sich noch einmal zu der Bude um, bei der sie zuvor ihre Weihnachtsmänner gekauft hatte. Jetzt stand da eine ältere, freundlich aussehende Dame in einem Weihnachtspullover und mit einem Rentiergeweih aus Plüsch, das an einem Haarreif befestigt war, auf dem Kopf. Die Frau unterhielt sich gerade angeregt mit einer anderen Dame, die ein quängeliges Kleinkind auf dem Arm hatte, und nahm von Eden keinerlei Notiz.

SIEBZEHN

Eden konnte sich nicht erklären, wie die kleine Weihnachtsmannfigur in ihre Hand gelangt war, und während sie und ihre Eltern sich auf den Rückweg nach Hause gemacht hatten, hatte sie versucht, eine Lösung dafür herauszubekommen. Es gelang ihr jedoch nicht. Vielleicht … hatte sie das Ganze am Ende nur geträumt. Es war so viel passiert in den letzten Tagen, da war es gut möglich, dass ihr Gehirn ihr den einen oder anderen Streich spielte. Auf dem Pullover der Frau an der Schokobude war ein Weihnachtsmann gewesen. Was also, wenn Eden sich den Weihnachtsmann nur eingebildet hatte? Vielleicht hatte ihr Verstand ihr diesen Weihnachtsmann nur aufgetischt, damit sie mit der Situation als Ganzes fertig werden konnte. Aber … wie sollte dann die kleine Figur in ihre Hand gelangt sein? Möglich wäre natürlich auch gewesen, dass die Verkäuferin sie ihr als eine Art kleines Geschenk zugesteckt hatte, und ihr eigener Kopf … aber alles in allem waren diese Rechtfertigungen doch sehr weit hergeholt, das war Eden klar. Es lag eigentlich auf der Hand, dass sie nicht in der Lage war, sich die Situation zu erklären. Sie hatte den kleinen Weihnachtsmann tief in die Tasche ihrer Jacke gesteckt und versuchte, sie zu vergessen. Was immer ihr an diesem Tag widerfahren war, am besten war es so oder so, wenn sie es so schnell wie möglich vergaß.

Nachdem sie zu Hause zunächst eine Dusche genommen und sich für das Abendessen umgezogen hatte, deckte sie gemeinsam mit ihrem Vater den Tisch im Esszimmer, während ihre Mutter sich an den letzten Feinheiten in der Küche zu schaffen machte.

„Ich habe einen Bärenhunger", sagte Mike gut gelaunt, während er an der Stereoanlage im Esszimmer Knöpfe drehte um die perfekte Lautstärke einzustellen. Wie jedes Jahr bestand Debbie Jones darauf, dass das Weihnachtsalbum von Elvis lief, während die Familie ihr Abendessen einnahm. Eden war gerade dabei, Servietten mit Weihnachtsmannmotiv auf den Tellern zu drapieren, als es an der Tür klingelte.

„Ich geh schon", sagte sie und legte die Servietten beiseite. Vermutlich drehten die Sternsinger ihre Runde im Viertel und wollten die Jones' mit etwas weihnachtlicher Stimmung verzaubern.

„Blöd, dass es nicht Elvis ist." Eden schmunzelte in sich hinein, als sie an ihre Mutter dachte, und öffnete die Tür. Ein UPS-Bote stand mit einem Päckchen vor ihr.

„Miss Eden Jones?", fragte er.

„Ja." Eden fragte sich, wer ihr an Heiligabend etwas an die Adresse ihres Elternhauses schickte. Immerhin war sie seit Jahren hier nicht mehr gemeldet. Außerdem erwartete sie rein gar nichts. War Dean, dieses Arschgesicht, tatsächlich so frech gewesen, ihren Schreibtisch eigenhändig zu räumen und ihr ihre Habseligkeiten mit einem Boten zu ihren Eltern zu schicken? Quasi als Bestätigung dafür, dass sie in New York versagt hatte und künftig wieder zu Hause in Boston in ihrem alten Kinderzimmer würde wohnen müssen? Was für ein Idiot. Eden unterzeichnete die Annahme des Pakets und drückte dem Fahrer einen Fünf-Dollar-Schein in die Hand. Merkwürdig. Das Paket war klein und leicht und nie im Leben hätten ihre Habseligkeiten aus dem Büro hineingepasst. Hatte er ihr am Ende ihre schriftliche Kündigung per Boten nach Hause zustellen lassen? Zutrauen würde sie es ihm. Sie öffnete das Paket und klappte den Deckel zurück. Eine Kündigung befand sich nicht darin. Stattdessen fand sie einen Karton voller weißer Reese's Peanut Butter Cups. Sie sah auf, als sie eine Bewegung hinter einem der Bäume im Vorgarten wahrnahm. Eine Gestalt

– ein Mann – trat dahinter hervor. Um wen es sich dabei handelte, konnte Eden auf die Entfernung zunächst nicht ausmachen, doch dann setzte die Gestalt sich in Bewegung.

„Du hast gesagt, wenn du einen stressigen Tag hinter dir hattest, dann sind diese Peanut Butter Cups das Beste, um dich wieder zurück auf den Boden zu holen", sagte Jay. Eden erkannte ihn jetzt ganz genau und konnte es nicht glauben.

„Jay? Was … was machst du hier?", fragte sie und überlegte, ob das hier wieder eine Halluzination sein konnte.

„Eden, können wir reden?" fragte ihr Prinz, als er auf die Veranda gekommen war und vor ihr anhielt. Eden war nicht in der Lage, einen klaren Gedanken zu fassen. Sie spürte, wie ihre Knie weich wurden und drohten, ihr den Dienst zu versagen.

„Klar, komm rein", sagte sie schließlich und trat zur Seite. Sie konnte ihre Eltern im Esszimmer hantieren hören und wie ihre Mutter ihrem Vater auftrug, dass er – wie immer – den Truthahn zu tranchieren hatte.

„Da vorne rechts ist das Wohnzimmer", sagte Eden und hoffte inständig, dass ihre Eltern nicht in den nächsten Minuten auf die Idee kamen, nach ihr zu sehen. Üblicherweise vergaß Debbie die Welt um sich herum, wenn sie in der Küche werkelte. Und wenn es Truthahn und Beilagen gab, war Mike Jones ebenfalls nicht für diese Welt zu haben.

Das Wohnzimmer lag im Feuerschein des Kamins, den Mike zuvor entzündet hatte. Der Weihnachtsbaum erstrahlte im Lichterglanz und vom Esszimmer drang „I'll be home on christmas day" von Elvis herüber.

„Setz dich doch", sagte Eden und bedeutete Jay, Platz zu nehmen. „Kann ich dir was zu trinken bringen? Meine Mutter macht wirklich sensationellen Eggnogg."

„Später, Eden." Jay sah sie ernst an.

„Jay, hör mal, es tut mir so leid, was ich getan habe", sagte Eden und setzte sich ebenfalls. „Ja, ich habe dich angelogen. Und deine Familie. Aber bitte glaub mir, ich hatte schon ab dem zweiten Tag völlig mit dem Artikel abgeschlossen. Ich will gar nicht abstreiten, dass ich zunächst vorhatte, ihn zu schreiben. Aber … als ich dann dich und deine Familie näher kennengelernt habe, war mir klar, dass ich eher meinen Job an den Nagel hänge, als diesen Artikel zu schreiben. Was … dann letztlich auch so gekommen ist."

Jay sah Eden einige Augenblicke lang an, und sie erinnerte sich an die Zeit, die sie gemeinsam verbracht hatten. Hätte sie doch nur den Mut besessen, ihm schon viel früher zu erzählen, wer sie wirklich war. Wenn sie zumindest Courtney zuvorgekommen wäre, dann hätte sie vielleicht den Hauch einer Chance gehabt … Sie wollte gar nicht daran denken, was aus ihr und Jay hätte werden können. Eine Träne schlich sich in ihren Augenwinkel, als alles wieder über sie hereinbrach.

„Eden, ich bin nicht hergekommen, damit du dich bei mir entschuldigst", begann Jay. „Ich bin hier, damit ich mich bei dir entschuldigen kann."

„Was?" Eden sah ihn an. „Jay, du hast absolut keinen Grund, dich für irgendetwas bei mir zu entschuldigen."

„Doch, den habe ich", sagte Jay. „Zunächst einmal hätte ich niemals von dir verlangen dürfen, dass du dich als meine Freundin ausgibst. Und dann … hätte ich dir die Chance geben müssen, uns bei dem Ball alles zu erklären." Er sah zu Boden, und Eden bemerkte, dass es nicht leicht für ihn war, ihr hier sein Herz auszuschütten.

„Ich hätte mich ja nicht darauf einlassen müssen", erwiderte sie. „Außerdem hatte ich auch unlautere Pläne, als ich herausgefunden habe, dass du der Prinz von Preston bist. Ich bin wirklich untröstlich, dass ich dir, deiner Familie und Courtney das Weihnachtsfest verdorben habe." Ihr Magen drehte sich fast um, als sie Courtneys Namen aussprach.

„Ach, hör mir bloß mit Courtney auf", sagte Jay ebenso verächtlich. Eden horchte auf. Ihr war klar gewesen, dass Courtney in ihren Sachen herumgeschnüffelt haben musste, nachdem sie vom Flughafen gebracht worden waren. Wie sonst hätte sie an Edens Presseausweis und die Rechercheunterlagen kommen sollen, die sie über die Prestons in ihrem Gepäck gehabt hatte. Auffordernd blickte Eden Jay an.

„Sie hat sich kein bisschen geändert", sagte er bitter. „Als wir zurück auf Preston Manor waren, hat sie sich wie eine billige Nutte an mich rangeschmissen. Und mir brühwarm ins Gesicht gesagt, dass sie ja nur mit Alex zusammen war, um in meiner Nähe zu sein. Dass sie es praktisch für uns getan hatte, meinem Bruder falsche Gefühle vorzuspielen und dich auszubooten. Dass sie mich zurückwollte und die Bahn jetzt frei für uns beide wäre. Kannst du dir das vorstellen?" Er sah Eden an.

„Um ehrlich zu sein schon", sagte sie. Courtney war genau der Typ Mensch, dem sie so ein Verhalten zugetraut hätte. Jetzt wusste sie auch, warum Courtney am letzten Abend, vor dem Ball, so nett zu ihr gewesen war. Zu dem Zeitpunkt, als Eden und Helen von der Schneiderin zurückgekommen waren, hatte Courtney längst gewusst, wer Eden wirklich war. Und sich ihren gemeinen Plan, sie von Jay wegzudrängen, parat gehabt.

„Eden, ich bin hier, um ..." Er brach ab und sah in ihre Augen. „Ich bin hier, um dich zu bitten, mir noch eine Chance zu geben."

Edens Knie wurden weich.

„Ich kenne dieses Gefühl, das du in mir auslöst, so nicht, weißt du?", fuhr er fort. „Und mir ist bei Gott bewusst, wie irre es sein muss, dass ich hier vor dir sitze und dich bitte, eine Beziehung mit mir einzugehen. Ich. Der Typ, der seinen Eltern graue Haare beschert, weil er um jede Beziehung einen großen Bogen macht und so gar nicht der Typ ist, der daran denkt, sesshaft zu werden. Aber ...", er sah sie kurz an, „da war etwas, auf Preston Manor, vor einigen Tagen, das mir nicht mehr aus dem Kopf geht."

Eden erwiderte seinen Blick. „Was meinst du?"

„Halt mich nicht für verrückt, Eden, aber erinnerst du dich an den Nachmittag, an dem wir im Wintergarten eingeschlafen sind?" Eden erinnerte sich. Wie könnte sie diesen Nachmittag jemals vergessen. „Ich hatte einen ziemlich merkwürdigen Traum", fuhr Jay fort. Edens Herz begann zu rasen. Auch sie erinnerte sich lebhaft an den Traum, den sie im Wintergarten gehabt hatte. Und ... an die Weihnachtsmannfigur, die in diesem Augenblick tief in ihrer Jackentasche steckte und die sie unbedingt versuchen wollte, zu vergessen.

„Halt mich jetzt bitte nicht für völlig verrückt, aber ... ich habe damals davon geträumt, dass wir beide auf dem Weihnachtsmarkt waren, der in meiner Heimatstadt jedes Jahr veranstaltet wird. Wir ... waren verheiratet und wir hatten zwei Kinder. Rosie und ..."

„Rosie und Jay-Jay", fiel Eden ihm ins Wort. Er sah sie mit großen Augen an. Es dauerte wohl eine ganze Weile, bis er realisierte, was in diesem Moment so unreal war.

„Wir haben beim Weihnachtsmann angestanden und Jay-Jay hatte Angst vor ihm. Daraufhin haben wir ihn an seinen Glücksbringer erinnert, eine Weihnachtsmannfigur, die er in seiner Jackentasche bei sich trug."

Jay sah Eden ungläubig an. „Hattest du diesen Traum etwa auch?", fragte er. „Aber … das ist doch gar nicht möglich."

Eden wusste nicht, ob sie es schaffen würde, aufzustehen und in den Flur zu gehen, um die Weihnachtsmannfigur zu holen. Sie war völlig überwältigt und Tausende Gedanken prasselten auf sie ein. Wie konnte es möglich sein, dass Jay denselben Traum wie sie gehabt hatte? Wie konnte es vorkommen, dass sie von Kindern träumten, die in ihrer beiden Träume dieselben Namen gehabt hatten? Und wie kam die Weihnachtsmannfigur in Edens Jacke?

„Warte einen Augenblick", sagte sie und stand auf. Mit wackeligen Beinen ging sie hinaus in den Flur und an den Wandschrank. Als ihre Hand in die weiche Tasche ihrer Jacke glitt, glaubte sie für den ersten Moment, sie habe alles nur geträumt. Die Figur war nur ein Hirngespinst und bis auf ein paar Flusen befände sich rein gar nichts in ihrer Tasche. Doch dann erspürte sie den kleinen hölzernen Weihnachtsmann. Ihre Finger glitten über den Rauschebart, die Mütze und die Stiefel und ihr Herz setzte für einen Schlag aus.

„Ich war heute Abend mit meinen Eltern auf einem Weihnachtsmarkt. Und habe dort einen Weihnachtsmann getroffen, der mir das hier gegeben hat", sagte Eden zaghaft, als sie zurück ins Wohnzimmer kam. Sie hielt Jay die kleine Figur hin und bemerkte, wie auch er für einen Moment die Luft anhielt.

„Aber Eden, das ist …"

„Es ist die Figur aus dem Traum, ich weiß", sagte Eden. „Wie … Aber … das ist doch unmöglich."

Eden sah Jay einige Augenblicke lang an. „Wir haben Weihnachten. Da ist doch nichts unmöglich", sagte sie.

EPILOG

Auf Preston Manor in Fellow Springs herrschte rege Betriebsamkeit. Bedienstete waren dabei, das Haus mit Lichterketten zu dekorieren, und im Inneren war Weihnachten längst angebrochen. Es duftete nach köstlichen Keksen und Tee, Weihnachtsbäume standen im Eingangsbereich, im Wintergarten und im Wohnzimmer und draußen hatte es endlich zu schneien begonnen.

Eden und Jay kamen gerade mit Asterix von der Blockhütte zum Haus, als sie Alex und seiner neuen Freundin Karen in die Arme liefen. Die bodenständige und hübsche Kinderärztin und Alex hatten sich auf dem Nach-Hause-Flug von Colorado nach Großbritannien direkt nach Weihnachten kennengelernt, was sich für Jays Bruder gut getroffen hatte. Die Verlobungsringe, die er seinerzeit geordert hatte, um mit Courtney einen auszusuchen, hatte er für Karen gebrauchen können.

Im Sommer hatte es in Großbritannien dann eine Sensation gegeben. Nicht nur, dass gleich zwei weitere britische Royals in den Stand der Ehe traten, sie taten es sogar noch am selben Tag. Die gesamte Insel hatte die Hochzeiten von Alex und Karen und von Jay und Eden gefeiert, die ab diesem Zeitpunkt in den royalen Stand einer Lady gehoben worden waren. Die meiste Zeit verbrachten sie, Jay und Asterix auf ihrem Anwesen in den Hamptons, wo Eden sich dem Schreiben widmen konnte und Jay eine Niederlassung seiner Firma in New York gegründet hatte. Außerdem war es so nicht allzu weit, um Edens Eltern in Boston zu besuchen, die beide aus allen Wolken gefallen waren, als Eden ihnen eröffnete, mit einem echten Adeligen befreundet zu sein.

Das vergangene Weihnachtsfest hatte so für Eden und Jay nach all dem Trubel doch noch harmonisch geendet. Edens Eltern konnten erst gar nicht glauben, wer es an Heiligabend in ihr Haus geschafft hatte, und hätten vermutlich weniger überrascht reagiert, wenn der Weihnachtsmann höchstpersönlich den Kamin heruntergerutscht gekommen wäre. Doch nachdem Eden und Jay sich ausgesprochen hatten und Eden ihn ihren Eltern vorgestellt hatte, wurde es ein wunderschönes Weihnachtsfest.

„Hey, Leute, hattet ihr einen guten Flug?" Eden fiel in Karens Arme, als sie zu den beiden aufgeschlossen hatten, während Asterix freudig an Alex hochsprang.

„Ja, bestens. Ich kanns gar nicht erwarten, ein paar Tage auszuschalten."

„Gings hoch her im Krankenhaus?"

„Wie immer vor Weihnachten. Ich habe das Gefühl, dass die Kids gerade vor den Feiertagen schusselig werden." Karen lachte. „Wie läufts mit deinem Buch?"

„Alles bestens, im Januar erscheint es."

„Und der Titel?"

„Ist derzeit noch streng geheim." Eden lachte. Den Titel „Royal Christmas – ein Prinz unter dem Weihnachtsbaum" fand sie äußerst treffend für die Geschichte, in der sie erzählte, wie sie und Jay zusammengefunden hatten. Von ihrem Trip nach Colorado, weil sie herausfinden sollte, welcher Preston-Prinz sich verlobte, über das Desaster einen Tag vor Heiligabend bis hin zu der Hochzeit auf Preston Castle im Juli.

„Und dieses Mal gibt es das Buch auch wirklich und es ist nicht nur eine kleine Schwindelei meiner bezaubernden Frau." Jay trat von hinten an Eden heran, zog sie an sich und küsste ihren Hals.

„Hey, ansonsten hätte ich mir dich doch niemals angeln können, mein Märchenprinz." Sie grinste. Sie betraten die Eingangshalle von Preston Manor und Eden wurde in ein Gefühl von Weihnachten eingehüllt. Irgendwo im Haus lief Weihnachtsmusik und es duftete nach Plätzchen und Zimt. Sie freute sich darauf, im Wintergarten ein Buch zu lesen, mit ihrer gesamten Familie das Fest feiern zu können, und darauf, dass ihre Glamerica-Girls sich über Neujahr angekündigt hatten. Seit sie aus der Redaktion ausgeschieden war, vermisste sie die Mädels schmerzlich, auch wenn sie immer noch viel Kontakt hatten. So hatte sie Jays Idee, die gesamte Meute zum Silvesterfeiern nach Colorado einzuladen, aufgegriffen und zählte jetzt schon die Tage, bis es so weit war.

Eden sah sich im Haus um und dachte daran, wie es gewesen war, als sie das letzte Mal hier war. Damals, als Courtney noch alles darangesetzt hatte, sie und Jay auseinanderzubringen, und noch nicht einmal davor zurückgeschreckt war, eine Scheinverlobung mit Alex einzugehen. Ihre Gedanken drifteten zu Courtney. Nach dem Desaster im letzten Jahr hatte Eden sie nicht wiedergesehen. Allerdings hatte Helen ihr vor einigen Wochen – nicht ohne Schadenfreude – erzählt, dass Courtney auf einen Heiratsschwindler aus Nigeria hereingefallen war, der ihr weisgemacht hatte, er wäre Millionär und würde überall auf der Welt Anwesen haben. Er habe ihr – ohne sie auch nur einmal gesehen zu haben – einen Heiratsantrag gemacht, den sie natürlich nur zu gerne angenommen hatte, immerhin war sie davon ausgegangen, es mit einem schwerreichen Milliardär zu tun zu haben. Ihr Milliardär hatte ihr – praktisch aus reiner Nächstenliebe und weil er ihr zu unermesslichem Reichtum verhelfen wollte – vorgeschlagen, ihr gesamtes Geld in sein Unternehmen zu investieren. Und hatte sich dann damit davongemacht. Im Moment verdingte sich Courtney angeblich als Aushilfskraft in einem Souvenirshop in Westlondon und versuchte immer noch, einen Millionär oder einen Adeligen kennenzulernen. Eden grinste schadenfroh, als sie an Courtney dachte. Üblicherweise wünschte sie niemandem derartiges Unglück. Aber Courtney hatte es nicht anders verdient – und am Ende des Tages vermutlich auch ganz allein angezogen.

Eden machte Asterix von seiner Leine los, der wie vom wilden Affen gebissen in den Wintergarten lief und es sich dort auf der Couch gemütlich machte. Jay und Alex hatten die Koffer nach oben gebracht, und Karen war in die Küche gegangen, um sich etwas zu trinken zu holen. Verstohlen zog Eden ein kleines Päckchen für Jay aus ihrer Jackentasche und legte es zu den vielen Geschenken, die sich bereits unter dem Weihnachtsbaum im Wohnzimmer befanden. Liebevoll betrachtete sie das in Goldpapier eingeschlagene Päckchen und dachte an den Inhalt. An die kleine, hölzerne Weihnachtsmannfigur mit den fein ausgearbeiteten Details. Und an das süße Geheimnis, das sie seit ein paar Wochen unter ihrem Herzen trug.

REZEPT

Meine Lieben,

das Rezept für den Cheesecake, das im Buch vorkommt, ist eines meiner Lieblingsrezepte. Seit ich diesen Kuchen im März 2018 zum ersten Mal in einem Restaurant probiert habe, komme ich nicht mehr davon los. Sehr zum Unbehagen meiner Waage. Vielleicht wollt ihr ihn ja auch mal ausprobieren? Das Rezept ist supereinfach und gelingt garantiert:

Zutaten für den Boden:

70 g geschmolzene Butter
30 Oreo-Cookies

Für die Füllung:

900 g Frischkäse
150 g Puderzucker
3 EL Kakaopulver
300 g Zartbitterschokolade
3 TL Bananenaroma (gibt's im Backzutatenladen oder über Amazon)

Für die Creme:

200 ml Sahne

180 g Zartbitterschokolade
3 EL Zucker

Zubereitung:

Für den Boden hackt ihr zunächst die Oreo-Cookies richtig klein und bröselig. Währenddessen schmelzt ihr die Butter, mit der ihr die Cookies dann vermischt. Gebt das Ganze dann in eine 24-cm-Springform und backt den Boden bei 175 Grad für ca. 10 Minuten.

Für die Füllung zerlasst ihr zunächst die Schokolade zu einer geschmeidigen Masse. Den Frischkäse gebt ihr in eine Schüssel und rührt ihn glatt, danach mengt ihr nacheinander Bananenaroma, Puderzucker und Kakaopulver unter. Jetzt sind die Eier an der Reihe, die ihr nach und nach unter die Masse rührt. Zum Schluss kommt die geschmolzene Schokolade an die Reihe. Mengt sie in einem dünnen Strahl unter und verrührt alles zu einer glatten Masse, die ihr auf den Oreo-Boden gebt und glattstreicht.

Der Kuchen wandert jetzt für ca. eine Stunde bei 175 Grad in den Backofen. Nach der Backzeit muss er für einige Stunden – am besten im Kühlschrank – auskühlen.

Nach der Auskühlzeit könnt ihr die Ganache vorbereiten. Dazu kocht ihr die Zartbitterschokolade gemeinsam mit dem Zucker und der Sahne kurz auf. Wenn alles zu einer glatten Masse verschmolzen ist, lasst ihr die für ein paar Minuten auskühlen. Schließlich verteilt ihr die Ganache über dem Kuchen und stellt ihn noch einmal für ca. eine Stunde in den Kühlschrank, bevor ihr ihn genießen könnt.

Guten Appetit.

LESEPROBE

Anfang Januar erscheint der nächste Pink Powderpuff Books-Roman mit dem Titel „Bad Girls don't love – Hallie & Chris". Auf den nächsten Seiten erhaltet ihr eine exklusive Leseprobe daraus:

PROLOG
2009

„Morgen um diese Zeit bist du bereits Mrs. Thomas Farlowe", sagte Maggie fast verschwörerisch und nahm einen Schluck Pina Colada. Sie grinste breit und stellte einen Cocktailbart zur Schau, als sie das Glas absetzte. Hallies Herz begann bei diesem Gedanken zu rasen. In nicht einmal vierundzwanzig Stunden würde sie die Liebe ihres Lebens heiraten und für den Rest ihrer Tage glücklich sein. Tom war alles, was Hallie sich jemals gewünscht hatte. Liebevoll, aufrichtig, romantisch. Gutaussehend, charmant, integer. An ihr interessiert. Und: Anwalt. Jeder in ihrem Freundeskreis beneidete sie um den gutaussehenden Juristen, der Hallie auf Händen trug und ihr die Sterne vom Himmel holte. Sie und Tom hatten sich vor drei Jahren kennen gelernt, als Hallie mit ihren Freundinnen Tiffany und Stacy einen Trip nach Vegas gemacht hatte, wo Tom bei einem Juristenkongress einen Vortrag zum Thema

„Die rechtlichen Möglichkeiten im Unternehmensrecht im dritten Jahrtausend" abhielt. Sie waren nebeneinander an einer Bar gelandet, weil Hallie die Chips, die sie für das Casino bereitgehalten hatte, verspielt hatte, und ihre Mutter ihr ungefähr eine Million Mal gesagt hatte, sie solle sich nur ja nicht vom Spielteufel packen lassen. Meredith Hollister hatte ungefähr zwölf Beispiele von Menschen gewusst, die Hab und Gut und Haus und Hof verloren hatten, weil sie den Fehler gemacht hatten, zehn Dollar bei der Bank im Casino in Chips einzuwechseln. Hallie hatte ihre Mutter für übervorsichtig gehalten, aber als ihr letzter Jeton dann in den Krallen des Croupiers verschwunden war, hatte sie es doch nicht gewagt, ihr Glück ein weiteres Mal herauszufordern. Tom hatte von Haus aus keine Lust, Millionen im Cesars Palace zu machen, sondern weinte lieber seiner Verflossenen nach, die ihn für ihren Chef hatte fallen lassen. Eigentlich hatte er vorgehabt, ihr an Weihnachten einen Heiratsantrag zu machen und eigentlich war er auch davon ausgegangen, dass er als Anwalt mit Anfang dreißig, der seine eigene Kanzlei besaß, eine ganz gute Partie war. Doch ein Industrieller, der Geld wie Heu hatte, kurz vor seinem zweiten Herzanfall stand und seiner Angebeteten einfach so einen Maserati geschenkt hatte, war natürlich nochmal ein ganz anderes Level. Völlig harmlos hatten sie zunächst begonnen, sich zu unterhalten, weil sie die einzigen waren, die um diese Zeit – nüchtern – an einer Bar saßen. Darüber, dass Hallie gerade das College abgeschlossen, und sich für eine Assistenzstelle bei einem IT-Unternehmen beworben hatte. Darüber, dass Tom eine Kanzlei in Uptown hatte, hier einen Vortrag hielt und sich wie ein Idiot vorkam, weil er seinen Aufenthalt in Vegas nicht genießen konnte. Seine Exfreundin – eine Frau, die geschlagene fünfzehn Jahre älter war als er, hatte ihn vor kurzem abgesägt. Nachdem er seine Verlobung mit einer jungen Ärztin gelöst und von all seinen Ersparnissen ein kleines Häuschen mit Garten in Queens gekauft hatte, in der er und seine Mrs. Robinson hatten einziehen wollen. Tom erzählte Hallie, dass seine Ex geschlagene dreimal – für jeweils etwa zwei Wochen – zu ihm gezogen war. Doch schließlich hatte sie sich doch dafür entschieden, bei ihrem Ehemann zu bleiben.

Einem stinkreichen Kerl, der ihr ein Leben bieten konnte, zu dem Tom nicht fähig war.

Hallie und Tom hatten sich die ganze Nacht über Gott und die Welt unterhalten und als am nächsten Morgen die Sonne über Las Vegas aufging und die beiden den Sonnenaufgang von der Dachterrasse ihres Hotels aus beobachteten, war zwischen ihnen beiden alles klar. Sie waren als Singles nach Vegas gekommen und würden als Liebespaar zurück nach Manhattan fahren.

Seither waren die beiden ein Herz und eine Seele. Hallie war selbst nie der Typ Frau gewesen, für den von vorn herein klar war, dass sie nach dem College heiraten und Kinder bekommen würde. Doch mit Tom war all das irgendwie … so einfach, so klar. Ja, nach ihrem Abschluss hatte sie tatsächlich angefangen, als Assistentin des CEOs eines IT-Unternehmens zu arbeiten und sich mittlerweile zur Leiterin der Verwaltungsabteilung hochgearbeitet. Doch wenn es so sein sollte, würde sie ihren Job für eine Familie mit Tom an den Nagel hängen, sobald sie verheiratet waren. Sie hätte es niemals für möglich gehalten, doch mit Tom Farlowe konnte sie sich tatsächlich vorstellen, Kinder zu haben. In dem Haus auf Long Island, dass sie beide gemeinsam gekauft hatten, hatten sie sogar bereits Zimmer festgelegt, die einmal Kinderzimmer werden sollten. Und wenn Hallie mit sich ehrlich war, schien ihr das Leben als Soccermum an der Seite von Tom gar nicht mal so übel zu sein. Sie sah sich und Tom mit einem kleinen Mädchen und einem kleinen Jungen in ihrem Haus Barbecue veranstalten, sich zu Halloween zu verkleiden und hörte aufgeregt tapsige Füsschen, die am Weihnachtsmorgen die Treppen herunterkamen um zu sehen, was Santa ihnen gebracht hatte. Ja. Hallie war sicher, sie war auf der Sonnenseite des Lebens gelandet. Mit Tom neben sich.

„Ich kann es auch kaum glauben", antwortete sie und trank einen Schluck Virgin Colada. Sie hatte an diesem Abend extra auf Alkohol verzichtet, weil sie am Tag ihrer Hochzeit wie eine strahlende Braut, aber mit Sicherheit nicht verkatert, aus der Wäsche gucken wollte. Ungefähr einhundert Mal hatte sie den

Ablauf geprobt, wie er am nächsten Tag stattfinden sollte. Aufstehen um fünf Uhr früh, dann unter die Dusche, ein kleines, leichtes Frühstück einnehmen, damit sie den Tag gut überstand, dann die Stylisten begrüßen, sich aufbrezeln lassen und mit der Hilfe ihrer Brautjungfern das Kleid anziehen. Um zehn Uhr morgens sollte die Trauung dann auf einem Anwesen auf Long Island stattfinden. Und den Grundstein für ihr weiteres Leben legen. Auf ihrem Gesicht breitete sich ein Grinsen aus, das nahezu rundum zu gehen schien. „Tom ist … echt alles was ich will. Ich kann mir nicht vorstellen, dass es noch ein anderer Mann auf der Welt herumläuft, der mir emotional so viel gibt, wie Tom es tut."

„Du bist echt ein Glückskind, Hallie", sagte Tessa, Hallies Cousine. „Tom ist tatsächlich ein Volltreffer. Und ich bin immer noch echt sauer, dass er keine Brüder, sondern nur zwei Schwestern hat."

„Darauf trink ich." Maggie leerte ihr Glas. „Man sollte das Klonen viel schneller realisieren. Ich hätte nichts gegen meine ganz persönliche Version von Tom Farlowe." Sie kicherte.

„Es kommen morgen jede Menge von Toms Single-Kumpels aus der Kanzlei und von früher, vom College. Außerdem Cousins und Sportfreunde. Ein paar Ärzte sind auch dabei", lockte Hallie ihre Freundinnen. „Würde mich wundern, wenn da nichts Passendes für euch dabei ist."

„Klingt zumindest schonmal nicht übel", meinte Tessa und prostete Hallie zu.

Im nächsten Moment klingelte es an der Tür.

„Das werden die Pizzen sein", sagte Hallie und stand auf. Als Abendessen hatte sie für sich und ihre Freudinnen eine Ladung Pizzen bestellt. Sie hatte sich vorgenommen, sich etwas zurückzunehmen, aber als sie aus dem Wohnzimmer kam, bemerkte sie, wie ein Grummeln sich in ihrem Magen ausbreitete. Sie ging durch den Flur und nahm ihr Portemonnaie von dem kleinen Beistelltisch neben der Tür. Sie schmunzelte, als sie die Tür öffnete.

„Wir haben einen Bärenhunger", sagte sie voller Enthusiasmus, doch vor ihr stand kein Pizzalieferant, sondern eine kleine, zierliche, ältere Dame, vermutlich in ihren Fünfzigern.

Hallie überlegte. Sie hatte die Frau noch nie gesehen. War es möglich, dass sie in die Nachbarschaft eingezogen war und etwas von ihrer Mutter brauchte? Waren Hallie und ihre Freundinnen, die die Nacht über in Hallies Elternhaus verbringen würden, um dem Hochzeitsbrauch, der Bräutigam dürfe die Braut vor der Hochzeit nicht sehen, zu unterstützen, zu laut gewesen?

„Hallo, kann ich … Ihnen helfen?", fragte Hallie. Ein merkwürdiges Gefühl breitete sich in ihr aus. Irgendwie kam ihr diese Frau bekannt vor, doch sie wusste nicht woher. Am Ende war sie wirklich eine Nachbarin, die ihr irgendwann einmal unbewusst über den Weg gelaufen war. Seit Hallie zusammen mit Tom in Queens lebte, hatte sie den Überblick verloren, wer wann in welches Haus in der Lubbockstreet einzog und wer die Straße wieder verließ.

„Hallie Hollister?", fragte die Frau. Sie hatte eine reibeisenartige Stimme, die eigentlich überhaupt nicht zu ihrer zierlichen Erscheinung passte. Sie sah sie aus zusammengekniffenen Augen an.

„Ja?", fragte Hallie langsam und fast zaghaft. Dann schoss es ihr wie ein Blitz durch den Kopf. Sie wusste, wer die Frau war. Und plötzlich ging alles ganz schnell. Hallie realisierte jede einzelne Bewegung viel langsamer, als sie wohl tatsächlich geschah, doch im Nachhinein erinnerte sie sich an alles. An jedes noch so kleine Detail. An das Rauschen der Blätter im Wind, an den Duft des Parfums der Frau, das in ihr irgendwie Brechreiz auslöste. An ihre Hände, die sie an die Hände ihrer Großmutter erinnerten. Die Hände waren die Hände einer älteren Frau gewesen, und ihre faltigen Handrücken, auf denen Adern hervortraten, würde sie lange Zeit nicht vergessen können.

„Mein Name ist Uma Kenbrough. Und ich bin hier, um ihnen zu sagen, dass die Hochzeit mit Tom morgen nicht stattfindet."

Uma Kenbrough. Alles in Hallies Kopf setzte sich jetzt zusammen. Diese Frau war Toms Exfreundin. Die, die dreimal bei ihm ein- und dann wieder ausgezogen war, weil sie doch lieber bei ihrem reichen Ehemann bleiben wollte. Die, die sich dann auf einen noch reicheren Industriellen eingelassen hatte. Und die, die jetzt offenbar wieder auf dem Plan stand.

„Ich habe mich nun doch entschieden, mich von meinem ersten Mann scheiden zu lassen und meinen Freund in die Wüste geschickt. Tom und ich wagen einen Neuanfang", sagte Uma und zog etwas aus ihrer Hosentasche. Ein kleinen Schmuckkästchen, in dem man für gewöhnlich Ringe aufbewahrte. „Tom hätte seinen Verlobungsring gerne wieder, das verstehen Sie doch, Kindchen, oder? Schaffen Sie es wohl, in den nächsten beiden Wochen ihre Sachen aus Toms Haus zu schaffen? Wir machen eine kleine Reise nach Barbados und danach würde ich gerne fest bei ihm einziehen."

Hallie nahm die Worttirade der Frau vor ihr nur noch aus der Ferne wahr. Es kamen Worte aus ihrem Mund, doch sie konnte sie nicht mehr interpretieren. Und ... es klang irgendwie so, als würde sie beiläufig von irgendwas sprechen. Nicht davon, dass Hallies Leben gerade zu einem Scherbenhaufen zersprang. Hallie sah an der Schulter der Frau vorbei zu dem Auto, das am Bordstein mit laufendem Motor parkte und erkannte Tom darin sitzen. Hatte sie zunächst immer noch daran gedacht, dass das alles ja ein übler Scherz sein konnte – vielleicht von einer ihrer Cousinen oder ihren Freundinnen eingefädelt, wurde ihr in diesem Moment bewusst, dass das hier die bittere Realität war. Niemand war so geschmacklos, sich einen derartigen Scherz mit ihr zu erlauben. Das, war hier gerade ablief, war das pure Leben in seiner vollen Härte. Dann wurde ihr übel. Sie spürte, wie ihre Knie weich wurden und langsam nachgaben, wie die Virgin Coladas, die sie getrunken hatte, sich langsam ihren Weg die Speiseröhre hoch suchten. Sie würde sich übergeben müssen.

Hallie schlug der Frau die Tür vor der Nase zu und stürzte ins Badezimmer, das sich zu ihrer rechten befand. Sie fiel vor der Kloschüssel auf die Knie und würgte.

„Hallie, Herrgott, was ist denn passiert?" Maggie und Tessa waren zu ihr ins Badezimmer gekommen und sahen sie entgeistert an.

„Ist alles in Ordnung? Du siehst ja schrecklich aus", stellte Tessa fest.

„Bist du etwa schwanger?", warf Maggie ein und deutete die Situation denkbar falsch.

Tränen liefen über Hallies Gesicht und sie war nicht in der Lage, auch nur ein Wort zu sagen. Durch das geöffnete Fenster hörte sie, wie ein Wagen anfuhr und sich entfernte. Ihr Blick glitt zu dem hübschen Brillantring, der an ihrem linken Finger saß, und der am nächsten Tag von dem Ehering Gesellschaft bekommen sollte, den sie und Tom vor einigen Wochen ausgesucht hatte. Langsam nahm Hallie den Ring ab.

HEUTE

Ihre Augen öffneten sich, als die Sonne über den Wolken-
kratzern Manhattans aufging und die Stadt in weiches, diffuses
Licht tauchte, sie fast unwirklich scheinen ließ, während sie auf
dem Horizont hinaufkletterte um die Stadt wenige Stunden
später in helles Licht zu tauchen.

Es dauerte einige wenige Augenblicke, bis sie völlig wach
war. Langsam drehte sie sich auf den Rücken, streckte sich
durch und versuchte, sich nicht zu sehr zu bewegen, um ihn
nicht zu wecken. Sie sah ihn an. Ja, er hatte es sein müssen.
Schon in den beiden Wochen zuvor, als sie nur über Tinder mit
ihm kommuniziert hatte, hatte sie gewusst, wo das mit ihnen
beiden hinführen würde. Er war unglaublich attraktiv, um nicht
zu sagen „schön", auch wenn dieser Begriff einen Mann nicht
unbedingt kleidete. So groß wie ein Hüne, hatte er dennoch
sehr sanfte, weiche Gesichtszüge, kurzes, braunes Haar, sanfte,
grüne Augen und wunderbar geschwungene Lippen. Er erinnerte sie ein bisschen an den Schauspieler Chris Pratt, der in
der Neuauflage von Jurassic Park mitspielte, und für den sie
immer schon eine kleine Schwäche gehabt hatte. Sie schmunzelte. Ja. Es war toll gewesen mit ihm und er würde ihr vermutlich sogar fehlen. Sie würde ihre gemeinsamen Telefonate
vermissen, die sie auf ihrem Wegwerfhandy geführt hatten und
seine Guten-Morgen-WhatsApp-Nachrichten. Das Gefühl, dass
sie an ihn dachte, just in dem Moment, als ihr Handy eine neue
Nachricht von ihm vermeldete. Apropos Handy … sie würde
ihre Wegwerfnummer, die sie ihm gegeben hatte, am besten
noch in der U-Bahn auf dem Weg nach Hause deaktivieren,
und sich beizeiten eine neue besorgen müssen. Soweit sie
wusste, waren in der Schublade unter der Küchenspüle noch
eine ganze Reihe davon.

Chris war das perfekte Tinder-Date gewesen, das in einer
perfekten Nacht gegipfelt hatte. Und an diese perfekte Zeit mit
ihm würde sie sich auf ewig erinnern. Selbst während des

Dates hatte sie es hin und wieder bereits bedauert, dass diese Sache zwischen ihnen nun bald vorbei war, aber so war es eben. So lief diese Sache. So war sie immer gelaufen und so würde sie auch dieses Mal laufen. Es würde andere Kerle geben. Mehr als genug. Noch einmal ließ sie ihren Blick über seine schlafende Gestalt gleiten. Er sah einfach sensationell gut aus und wusste sie zu berühren, wie es selten ein Mann vor ihm getan hatte. Die Nacht mit ihm, nein, die ganze Zeit mit ihm war unglaublich intensiv gewesen. Unter anderen Umständen … sie schüttelte kurz den Kopf.

Sie kletterte behutsam aus dem Bett um ihn nur ja nicht zu wecken, schlüpfte in ihr Kleid, das er ihr Stunden zuvor vom Körper gerissen und achtlos zu Boden geworfen hatte und nahm ihre High Heels in die Hand. Dann tappte sie auf leisen Sohlen zur Tür. Wie gut, dass er Teppich in seinem Schlafzimmer verlegt hatte. Knarrende Bodendielen hatten oft schon in unangenehmen Situationen gegipfelt. Sie drehte sich noch einmal um und sah ihn an, wie er nichtsahnend den Schlaf der Gerechten schlief. Die Decke war bis zu seiner Hüfte hinabgerutscht und offenbarte seinen muskulösen Oberkörper und ein perfekt trainiertes Sixpack. Sie biss sich auf die Lippe. Chris war wirklich außergewöhnlich gewesen – in *jeder* Hinsicht. Kein versnobter Stadtschnösel, der sich für ein Gottesgeschenk an die Weiblichkeit hielt, sondern offen, ehrlich, herzlich und nett. Und ein großartiger Liebhaber. Für einen kurzen Augenblick überlegte sie, ihm einen Zettel mit ihrer Telefonnummer zu hinterlassen. Mit ihrer richtigen Telefonnummer. Vielleicht … könnten sie heute Abend etwas Essen gehen oder … letzte Nacht wiederholen. Vielleicht konnte sie aus diesem Teufelskreis ausbrechen, etwas tun, was jeden Tag Millionen von Menschen überall auf der Welt taten. Sich noch einmal zu verabreden und ernste Absichten zu haben. Vielleicht war er anders als die anderen. Dann schüttelte sie den Kopf. Niemand war anders. Sie waren alle gleich. Und nur, weil er sie die letzten beiden Wochen und vergangene Nacht wie eine Prinzessin behandelt hatte, bedeutete das noch lange nicht, dass er das auch jetzt tun würde, wo sie miteinander geschlafen hatten. Es würde bestimmt genauso enden, wie es immer endete, bei solchen Dates, wenn die Frau nicht vorher die Reißleine zog. Der Jäger hatte die Beute erlegt und interessierte sich nun nicht weiter für sie. Er würde, um sich selbst vormachen zu können, ja doch ein toller, netter Kerl zu sein, den Kontakt vielleicht noch ein paar Tage halbherzig aufrecht erhalten, ehe er sich dann mit einer fadenscheinigen Ausrede verabschiedete und sich aus der Affäre zog. Eigentlich war er auch nur ein Mistkerl wie alle anderen Typen auch. Keiner von all den Typen, die sie in den letzten Jahren kennengelernt hatte, hatte die Eier gehabt, ihr zu sagen, was Sache war. Sie alle ware feige Mistkerle, die primär daran interessiert waren, einen wegzustecken. Nicht mehr, und nicht weniger und auch Chris war einer von ihnen. Er konnte noch so nett, ehrlich, herzlich und offen sein, einmal würde der Tag kommen, an dem er sein wahres Gesicht zeigte. Zu lügen und betrügen anfing, eine Frau demütigte und sie schließlich vor den Scherben ihres Lebens stehen ließ. Nein, den Fehler, sich auf einen Mann einzulassen – voll und ganz auf ihn einzulassen, ihm ihr Herz zu öffnen und dadurch verletzbar zu werden, würde sie nicht mehr machen.

Sie sah ihn noch einmal an, genoss seinen Anblick eine letzte Sekunde lang, saugte ihn auf, soweit es nur ging, drehte sich um und verließ sein Appartement.

„Ich denke, als nächstes werde ich diesen Tony daten", sagte Rebecca und warf einen Blick auf ihr Handy. Sie wischte ein paarmal auf dem Bildschirm herum, um sich weitere Fotos anzusehen. „Er sieht echt toll aus, findest du nicht?"

Hallie sah auf den Bildschirm. Ein muskulöser, tätowierter Schönling mit dunklen Haaren und blauen Augen starrte ihr lasziv entgegen. Ein Mann, der sich seiner Wirkung auf Frauen in jedem Fall bewusst war und den sie üblicherweise mit links abzuschleppen wussten. Mit den Jahren hatten sie ihre Taktik so ziemlich perfektioniert und für gewöhnlich wäre Hallie Feuer und Flamme dafür gewesen, dass ihre beste Freundin ihn datete, doch heute war sie irgendwie nicht ganz bei der Sache.

„Ja, er ist toll."

„Er ist toll?" Rebecca sah ihre beste Freundin an, als wäre die von allen guten Geistern verlassen.

„Er ist heiß", versuchte es Hallie, doch Rebecca hatte die Lunte gerochen. Sie legte ihren Kopf schief und sah Hallie an.

„Was ist los mit dir?", fragte sie. „Doch nicht etwa dieser Kerl von gestern Abend, oder?"

Fast schuldbewusst sah Hallie ihre beste Freundin an. Es kam nicht oft vor, dass sie einem Kerl nach ihrem Date nachhing. Und wenn doch, dann wusste sie genau, wie sie diesen Anflug von Wehmut umgehen konnte.

„Ach, keine Sorge, er ist längst gelöscht, auf Tinder entmatcht und geblockt und die Wegwerfnummer ist deaktiviert. Es gibt keine Verbindung mehr zu ihm und er denkt außerdem ohnehin, ich würde Amanda Marshall heißen."

„Amanda Marshall? Wie die kanadische Popmusikerin?" Rebecca kicherte. Sie und Hallie waren schon seit Jahren dazu übergegangen, ihren Dates keine echten Namen zu präsentieren. Echte Namen machten alles nur viel komplizierter, man war angreifbarer, privater … und vor allem auffindbarer. „Und … du denkst immer noch an ihn?"

„Er war echt nett. Aber anfangs sind sie das doch alle. Bis sie dich wegen einer anderen abservieren oder mit irgendwelchen fadenscheinigen Ausreden daherkommen, warum sie dich nicht wiedersehen können. Dieser Chris ist genauso ein mieses Arschloch, wie seine Geschlechtsgenossen. Kein Drama. Ich bin ohnehin dabei, mich mit anderen abzulenken." Hallie wedelte mit ihrem Smartphone in der Luft herum. „Tinder sei dank geht einem der Vorrat an Dates ja gottseidank nie aus."

Seit dem Abend, an dem Tom die Verlobung durch seine neue alte Freundin hatte lösen lassen, hatte Hallie es nicht mehr geschafft, sich auf eine feste Beziehung einzulassen. Es war fast so, als hätte Tom etwas in ihr zerbrochen, was sich nicht mehr kitten ließ. Und auch, wenn sie es um nichts in der Welt zugegeben hätte, der Schmerz saß immer noch unglaublich tief. Nachdem die Hochzeit abgesagt worden war, hatte Hallie sich lange Zeit generell abgekapselt. Es hatte sich so angefühlt, als würde ihr die Energie förmlich abgezogen werden, als sie im Beisein ihrer Eltern und ein paar Freunden ihre Habseligkeiten aus dem Haus holte, das sie und Tom gemeinsam hatten bewohnen wollen. Das, was ihr am Tag vor ihrer geplatzten Hochzeit passiert war, war unglaublich gewesen. Nicht nur, dass Tom seine Freundin vorgeschickt hatte, um die Verlobung aufzulösen, hatte sie im Nachhinein auch noch erfahren, dass die Sache zwischen ihm und seiner neuen Flamme schon seit über einem Jahr lief. Offenbar hatte diese Uma Kenbrough Tom seinerzeit aufgesucht, weil sie ihn als Anwalt in Bezug auf ihre Scheidung buchen wollte. Hallie hatte er davon nichts erzählt. Auch nicht, dass er Uma hin und wieder zum Kaffeetrinken traf, aus dem Kaffee irgendwann einmal ein Abendessen wurde. Und ganz bestimmt hatte er Hallie nicht von jenem Abend erzählt, als dem er Uma in ihrer Massagepraxis – sie verdingte sich zum Zeitvertreib als Shiatsu-Masseurin – gevögelt hatte. Während Hallie nichtsahnend und naiv zuhause gesessen hatte. Über ein Jahr hatte Tom sein Doppelleben aufrecht erhalten und über ein Jahr war Hallie so blöd gewesen, und hatte nichts bemerkt. Am Abend vor der Hochzeit war es dann doch so weit gewesen, dass Tom, den sie immer für liebevoll und aufrichtig gehalten hatte, der aber in Wirklichkeit nur ein mieser Feigling war, sich entscheiden musste. Und seine Entscheidung auf eine Frau fiel, die fast zwanzig Jahre älter war als er selbst.

Nach der Trennung war Hallie in ihr altes Kinderzimmer bei ihren Eltern gezogen, hatte die Tage damit verbracht, im Bett zu liegen und fernzusehen und war immer und immer wieder von Heulkrämpfen gebeutelt worden. Sie hatte einfach nicht verstehen können, wie jemand, der ihr fast jeden Tag mehrfach sagte, wie sehr er sie liebte, ihr so derart wehtun konnte. In dieser Zeit hatte Hallie geglaubt, dass sie sich nie wieder auch nur ansatzweise für einen Mann interessieren würde. Nach über einem Jahr, als der Schmerz langsam aber sicher erträglicher geworden war und es Tage gab, an denen sie ihn komplett ausblenden konnte, hatte sie schließlich heimlich, still und leise den Versuch gewagt und sich auf einer Singleplattform im Internet angemeldet. Damals hatte es sich so angefühlt, als würde etwas in ihr neu erwachen. Sie war vierundzwanzig Jahre alt gewesen und noch zu jung, um sich wie eine Nonne zu verhalten. Und das Glück schien auf ihrer Seite zu sein. Kurz, nachdem sie ihr Profil online gestellt hatte, hatte sie nicht nur über zweihundert Zuschriften erhalten, sondern auch Sean kennengelernt, einen Fotografen aus Boston, mit dem sie die ersten paar Wochen nur telefonierte und der ihr zum ersten Mal wieder das Gefühl gab, wertvoll zu sein und geliebt werden zu können. Sean war es, der ihr sagte, er würde sich bereits jetzt mit ihr verbunden fühlen, er würde Gefühle für sie entwickelt haben, von denen er gar nicht mehr geglaubt hatte, dass er sie empfinden konnte. Der schon nach wenigen Wochen am Telefon mit ihr Pläne für die Zukunft schmiedete, die sich unglaublich gut anfühlten. Und er war es auch, bei dem Hallie tatsächlich dachte, dass die Sache mit Tom damals ihren Sinn gehabt hätte. Wollte sie es sich zunächst noch gar nicht selbst eingestehen, wurde ihr von Tag zu Tag bei Sean bewusster, dass er möglicherweise der richtige für sie sein konnte. Dass Tom einfach hatte passieren müssen, weil sie Sean erst zu diesem Zeitpunkt begegnen konnte. Und so verabredeten sie sich zu einem ersten Treffen in Connecticut, bei dem sie die Nacht miteinander verbrachten. Eine Nacht, in der Sean Hallie sagte, er würde sie lieben und sie wäre genau die Frau, die er immer schon gesucht hatte.

Sie verabredeten sich für das kommende Wochenende, das Sean bei Hallie verbringen sollte und verabschiedeten sich mit einem innigen, leidenschaftlichen Kuss, der Hallie für all die Dinge, die Tom ihr angetan hatte, entschädigte. Als Hallie dann auf dem Nachhauseweg von Hartford war, traf eine SMS von Sean mit folgendem Text ein, der sich in ihr Hirn einbrannte und den sie nie mehr wieder vergessen würde:

„Es tut mir sehr leid. Ich bin noch nicht bereit für eine Beziehung. Ich kann einfach nicht.“

Daraufhin blockierte Sean Hallies Nummer und war ab sofort nicht mehr erreichbar. Im Nachhinein gesehen war dies möglicherweise – mit der Sache, die Tom abgezogen hatte, er Grundstein für die Einstellung, die Hallie sich bald darauf aneignen sollte.

Nachdem sie zwei weiteren Kerlen auf so ziemlich dieselbe Tour auf den Leim gegangen war, beschloss Hallie, den Spieß umzudrehen. Die Männer, die heutzutage unterwegs waren, waren offenbar nicht mehr für feste Beziehungen zu haben. Aufgrund des Internets waren sich sich alle darüber klar geworden, dass ein Überangebot an datewilligen Frauen bestand. Warum also sollte man sich auf eine festlegen, wenn man hunderte haben konnte. Hallie beschloss, sich nicht länger von Männern veralbern zu lassen. Sie würde in Zukunft nicht mehr diejenige sein, die sich das Herz von irgendwelchen dahergelaufenen Typen würde brechen lassen. Sie würde Kerle daten, ihnen eine heile Welt vorspielen, vielleicht eine heiße Nacht mit ihnen verbringen und sie nach dem ersten Date so eiskalt abservieren, wie die Kerle es bislang bei ihr getan hatten. Sie würde ihnen falsche Telefonnummern und falsche Namen auftischen, falsche Lebensgeschichten erfinden und einfach ihren Spaß mit ihnen haben. Für eine Nacht. Nicht mehr und nicht weniger.

„Ich muss dann los, Dan und ich treffen und später im Kino. Wart nicht auf mich", sagte Rebecca. In ihrer Bürokollegin, mit der sie gemeinsam die Abteilung für Jugendschutz und Kindersicherheit im Netz leitete, hatte sie eine beste Freundin gefunden, die es mit Beziehungen und Dates genauso hielt, wie Hallie selbst. Ein paar Stunden Spaß mit einem Kerl war völlig gerechtfertigt. Aber alles darüber hinaus ein absolutes No-go.

„Okay. Ich fahr dann auch. Meine Eltern haben mich zum Essen eingeladen und im Anschluss daran nehme ich Jackie mit in die City. Sie hat heute ein Date mit einem Typen vom College. Im Augenblick hängt der Himmel voller Geigen." „Deine Schwester gerät aber überhaupt nicht nach dir, wenn sie bereits das dritte Date mit ein und demselben Typen hat", lachte Rebecca, während sie in einem kleinen Handspiegel ihr Make up überprüfte.

„Mit Achtzehn habe ich die Welt auch noch aus anderen Augen gesehen. Für Jackie besteht also noch Hoffnung", rief Hallie ihrer besten Freundin und Mitbewohnerin nach, die kurz darauf die Tür hinter sich ins Schloss fallen ließ.

***

„Oh Hallie, du kannst dir nicht vorstellen, wie großartig Todd ist", säuselte Jackie später an diesem Abend, während ihre große Schwester auf ihrem Bett saß und ihr dabei zusah, wie sie sich zurecht machte. Hallie konnte sich ziemlich gut vorstellen, wie großartig Todd war, weil Jackie sie an sich selbst erinnerte, als sie in ihrem Alter gewesen war. Jeder Kerl war der beste, tollste und perfekteste gewesen, den sie öfters als einmal gedatet hatte. Mit jedem einzelnen von ihnen hatte sie sich insgeheim vor dem Traualtar gesehen und jeder einzelne von ihnen war eigentlich ein richtiger Mistsack gewesen.

„Vermutlich nicht", sagte sie trotzdem.

„Er sieht so gut aus. Und er ist so nett. Und so liebevoll. Und er hat so großartige Augen. Und er hat Humor und …" „Sag mir einfach Bescheid, was für ein Kleid ich bei der Hochzeit tragen soll", lachte Hallie. Sie vergönnte es ihrer Schwester, so bis über beide Ohren verliebt zu sein, fürchtete allerdings schon jetzt den Moment, wenn Todd sein wahres Gesicht zeigte. Was er unweigerlich eines Tages tun würde. Wie jeder Kerl auf diesem Planeten.

„Todd hat übrigens einen Bruder", säuselte Jackie weiter, „der in deinem Alter ist und irre gut aussehen soll. Außerdem ist er Arzt."

„Schön für den Bruder", sagte Hallie gelangweilt. Sie war es mittlerweile gewöhnt, dass ihre Mutter versuchte, sie mit Männern zu verkuppeln. Dass es ihre Tanten taten und dass sogar ihr Vater es einmal versucht hatte als ein neuer Kollege bei ihm im Büro angefangen hatte. Dass ihre Schwester jetzt auch damit anfing, war neu.

„Ach komm schon, Hallie, wäre es nicht großartig, wenn wir beide uns mit einem Brüderpaar verabreden würden? Wir könnten ins Kino, und die beiden könnten zum Barbecue kommen, wir können gemeinsam verreisen und …"

„Stop … bevor wie eine Doppelhochzeit feiern", lachte Hallie. „Danke, dass du den Bruder für mich aufgerissen hättest, aber ich hab keinen Bedarf."

„Echt nicht? Hast du etwa jemanden kennengelernt?"

„Ich lerne ständig Menschen kennen."

„Du weißt, was ich meine. Gibt es einen Mann in deinem Leben?" Jackie sah ihre große Schwester neugierig an.

„Nein", entgegnete die gleichgültig.

„Mum sagt, dass sie sich mittlerweile Sorgen um dich macht." „Was?"

„Ja. Weil du so lange keinen festen Freund mehr hattest. Ich meine, ich kann mich an Tom gar nicht mehr so gut erinnern, weil ich damals ja erst acht Jahre alt war, aber … er war doch nicht der Nabel der Welt, oder?"

Hallie sah ihre jüngere Schwester an. Es würde keinen Sinn machen, Jackie, die fünfzehn Jahre jünger war, als Hallie, zu erklären, was Tom damals mit ihr angerichtet hatte. Und dass Sean, Ben und Alex und wie sie alle hießen, noch fest nachgetreten hatten, nachdem Hallie wieder bereit war, sich neu zu verlieben.

„Wenn mir der Richtige begegnet, werde ich das schon bemerken, Schwesterchen", wiegelte sie daher ab. „Aber danke, dass du dir um mein Beziehungsleben solche Gedanken machst." Sie stand auf. „Bist du dann soweit?"

Jackie betrachtete sich noch einmal im Spiegel und drehte sich um sich selbst.

„Ich bin soweit", lächelte sie.

Als Hallies Telefon um zwei Uhr morgens zu klingeln begann, war sie in absoluter Alarmbereitschaft. Anrufe, die um diese Uhrzeit ankamen, verhießen niemals etwas Gutes, schon Ted Mosby hatte in „How I met your Mother" gesagt, dass nach zwei Uhr morgens niemals etwas Gutes passierte. Und als in dieser Nacht ihre Mutter anrief, rutschte Hallies Herz in die Hose.

„Mum? Was ist los?", fragte sie verschlafen, nachdem sie abgenommen hatte.

„Es ist Jackie. Sie und dieser Junge hatten einen Unfall." Meredith Hollister klang fast hysterisch.

„Was? Sind sie verletzt?" Jetzt war Hallie hellwach. Sie vernahm schnäuzen, Weinen und schniefen, konnte jedoch keine sinnvollen Informationen aus ihrer Mutter herausholen.

„Mum? Was ist mit Jackie? Wo ist sie?", drängte Hallie, doch am anderen Ende der Leitung hörte sie außer Schluchzgeräuschen erst einmal gar nichts.

„Hallie? Liebes, hier ist dein Vater. Deine Mutter kann im Moment nicht sprechen", meldete sich Stephen Hollister. Auch er wirkte unglaublich aufgewühlt und mit den Nerven am Ende, schaffte es aber doch, zumindest einige Informationen zu geben. „Jackie und Todd sind von einem Auto gerammt worden. Sie sind beide verletzt und ins Manhattan Memorial gebracht worden. Wir sind schon auf dem Weg, aber da du näher dran bist …"

„Klar, ich bin unterwegs, Dad", sagte Hallie und war hellwach. „Sobald ich etwas weiß, melde ich mich. Wir sehen uns dann da."

Der Wartebereich des Manhattan Memorial war um diese Uhrzeit nicht sehr stark frequentiert. Hallie nahm aus den Augenwinkeln ein paar Personen wahr, die darauf warteten, aufgenommen zu werden. Ein Mann hatte einen provisorischen Verband um seine rechte Hand gewickelt, ein anderer hielt sich den Bauch und eine Frau wirkte, als wäre sie grundsätzlich nur etwas verwirrt. Hallie ging auf den Empfangsschalter zu, hinter dem eine Mittfünfzigerin in buntem Kittel und mit dunklen Locken saß und sie müde ansah.

„Kann ich Ihnen helfen?"

„Mein Name ist Hallie Hollister. Meine Schwester Jackie Hollister müsste vor kurzem hierhergebracht worden sein."

„Oh ja. Der Autounfall. Dr. Harris ist gerade bei ihr und sieht sie sich an. Er kommt dann zu ihnen, wenn er fertig ist, nehmen Sie dort drüben Platz und warten Sie auf ihn."

„Vielen Dank." Hallie setzte sich. Sie hatte tausend Fragen und hätte die Empfangsdame am liebsten damit gelöchert, aber ihr war klar, dass das keinen Sinn machte. Die Frau am Empfang wusste genauso wenig wie sie selbst. Und wenn sie es sich mit ihr verscherzte, dann konnte das auch nicht Sinn der Sache sein. Etwas Müdigkeit überkam sie. In der letzten Nacht hatte sie – ihres Tinderdates sei dank – nicht sehr viel Schlaf abbekommen und in dieser war sie ebenfalls viel zu früh aus den Träumen gerissen worden. Sie ließ sich auf einen der Plastikstühle im Wartebereich fallen und zog ihr Handy heraus. Im Augenblick gab es keinen Kandidaten auf den zahlreichen Datingportalen, die sie nutzte, mit dem sie sich ernsthaft würde treffen wollen. Das mit den Dates war schon verrückt. Manche Kerle schafften es, ihr in den paar Wochen, bevor sie sie traf, tatsächlich das Gefühl zu vermitteln, geliebt zu werden. Alles war irgendwie besser, wenn sie einen Kerl am Haken hatte. Dieses Gefühl, jemandem … so ungefähr das wichtigste in dem Moment zu sein, genoss sie. Und es war auch die einzige Möglichkeit, wie sie zumindest etwas so ähnliches wie „Liebe" erfahren konnte. Doch sie war realistisch genug, um zu wissen, dass diese Schmetterlinge im Bauch nicht für immer blieben. Und der Schmerz, der dann von ihr Besitz ergriff, viel hartnäckiger war, als jedes Verliebtheitsgefühl, das sie sich vorstellen konnte. Sie dachte kurz an Chris. Ob er wohl versucht hatte, sie zu erreichen, nachdem sie sich aus seiner Wohnung geschlichen hatte? Hin und wieder beschlich sie schon der Gedanke, dass einer der Kerle, die sie gedatet, und bei denen sie sich aus dem Staub gemacht hatte, vielleicht für mehr getaugt hatte, als für nur eine Nacht. Chris war so ein Fall. Ob er also enttäuscht war, dass sie einfach so gegangen war? Oder ob es ihm nur recht war, dass sie mirnichts, dirnichts aus seinem Leben verschwunden war. Hatte er zu diesem Zeitpunkt gerade eine neue Tinderella an der Angel, der er all die netten Dinge sagte, die er ihr noch vor ein paar Tagen zugeflüstert hatte? Schwachsinn. Warum machte sie sich überhaupt Gedanken um Chris. Er war Vergangenheit und die Zukunft steckte irgendwo da drin in einer ihrer Dating Apps.

Hallie wurde aus ihren Gedanken gerissen, als einige Zeit später Lärm aus dem Eingangsbereich zu hören war. Es klang, als würde eine Schwerverletzte hereintransportiert werden, deren Stimme Hallie nur zu gut kannte. Sie sah auf. Ihre Mutter und ihr Vater waren gerade an dem Informationspult angekommen und ihre Mutter greinte in irgendeinem unverständlichen Kauderwelsch die diensthabende Krankenschwester mit dem bunten Kittel und den dunklen Locken an.

„Mum, Dad", sagte Hallie, als sie auf ihre Eltern zugelaufen war. Ihre Mutter riss sie in die Arme.

„Oh Kind, weißt du, was mit Jackie los ist? Diese Krankenschwester meinte, der Arzt wäre noch bei ihr, aber … so lange? Was muss sie denn Schlimmes haben, dass er sie so lange untersuchen muss? Wir sind fast eine Stunde von Long Island hierher gefahren und der Arzt untersucht sie immer noch."

„Mum, wenn es etwas Schlimmes wäre, hätte man uns längst benachrichtig", relativierte Hallie, während Stephen Hollister, dem ebenfalls die Farbe aus dem Gesicht gelaufen zu sein schien, seine Frau in den Arm nahm. „Es wird eben eine Weile dauern, bis die Untersuchung durch ist. Immerhin müssen auch Röntgenbilder angefertigt und ausgewertet werden."

„Aber … über eine Stunde …", klagte Meredith und vergrub ihr Gesicht an der Schulter ihres Mannes.

„Was ist denn überhaupt passiert?", fragte Hallie ihren Vater.

„Ich weiß es nicht genau", antwortete der erschöpft. Gemeinsam gingen sie hinüber zu der Insel aus Plastikstühlen im Wartebereich. „Offenbar hat jemand ihr Auto derart gerammt, dass sie beide von der Straße abgekommen und einen Hang hinuntergefallen sind", sagte Stephen. Hallie zog sich der Magen zusammen. Sie hatte zunächst angenommen, dass es sich bei dem Unfall nur um eine Kleinigkeit handelte … einen minimalen Zusammenstoß etwa, oder einen Auffahrunfall, bei dem Jackie eine Halskrause davontrug.

„Großer Gott", sagte Hallie. Jetzt konnte sie nachvollziehen, warum ihre Mutter so derart aufgelöst war.

„Mr. Hollister? Mrs. Hollister?" Ein junger Arzt war auf sie zugekommen. Er war groß und schlaksig, hatte braune Haare und eine übergroße Brille. Mit seinen abstehenden Segelohren wirkte er wie eine Karikatur eines Mediziners. Hallies Eltern sahen auf.

„Ich bin Dr. Jones, Assistenzarzt im Manhattan Memorial", begann er, „Ihrer Tochter Jackie geht es den Umständen entsprechend gut. Sie hat eine leichte Gehirnerschütterung und ihr rechter Arm ist gebrochen. Aber ansonsten ist sie mit dem Schrecken davongekommen. Dr. Harris wird den Arm noch eingipsen, danach können Sie bestimmt einen kleinen Moment zu ihr."

Hallie fiel eine Stein vom Herzen. Eine Gehirnerschütterung und ein gebrochener Arm waren ein verschmerzbarer Tribut für einen derartigen Unfall. Sie hoffte, dass auch Todd so glimpflich davongekommen war, wagte aber nicht, Dr. Jones nach ihm zu fragen. Bestimmt würde er ihr ohnehin keine Auskunft geben dürfen, sie war ja immerhin keine Verwandte. Sie fand es merkwürdig, dass Todds Eltern nicht hier waren. Andererseits lebten die irgendwo in Idaho, soweit Hallie sich an Jackies Erzählungen erinnern konnte. Und sein Bruder war Arzt. Also war er so gesehen in den besten Händen. Dass der Arzt-Bruder jedoch noch nicht einmal hier war, um sich um seinen Bruder zu kümmern, fand sie sehr befremdlich. Hätte er nicht ebenfalls hier sein müssen und bangend darauf warten, dass er darüber informiert wurde, wie es Todd ging? Oder war er längst hinter den Kulissen verschwunden, weil er als Gott in Weiß Zutritt zu Bereichen in diesem Krankenhaus hatte, die Normalsterblichen verwehrt blieben? Hallie hoffte auf jeden Fall inständig, dass auch Todd nichts Gröberes zugestoßen war und nahm mit ihren Eltern auf den Plastikstühlen Platz. Keiner sagte ein Wort, aber Stephen und Meredith wirkten jetzt bereits etwas gefasster. Eine Weile später stand Hallie auf. Die Müdigkeit übermannte sie fast, und wenn sie sich jetzt nicht etwas bewegte und zusah, dass sie an Koffein kam, würde sie vermutlich einschlafen.

„Ich hol mir was zu trinken, wollt ich auch was?", fragte sie. Ihre Eltern sahen sie an.

„Bringst du mir einen Kaffee, Schatz?", fragte Stephen.

„Klar Dad. Mum, möchtest du auch einen?"

„Ja bitte."

„Okay. Ich glaube, in dem Gang dort hinten habe ich einen Kaffeeautomaten entdeckt", sagte Hallie und ging davon. Sie war völlig übermüdet und hoffte inständig, dass die Getränkeautomaten im Krankenhaus nicht nur Kaffee anzubieten hatten, den sie nicht trank. Man konnte an einer Hand abzählen, wie oft Hallie Hollister in ihrem Leben Kaffee getrunken hatte. Sie konnte mit dem bitteren Geschmack überhaupt nichts anfangen und schaffte es nur, Kaffee hinunterzubekommen, wenn der mit viel Milch und noch mehr Zucker versetzt war. Ihr Vater meinte immer, Hallie wäre der Typ, der Zucker mit Kaffeegeschmack bevorzugte. Jetzt dürstete es sie nach einer Dose zuckerfreiem Red Bull. Oder notfalls Coke Light, wenn Red Bull nicht zu haben war. Außerdem verspürte sie ein leichtes Grummeln in ihrer Magengegend und die Lust auf etwas Süßes.

Etwa zwanzig Minuten später kam sie zurück an den Wartebereich. Sie hatte eine halbe Odyssee durch das Krankenhaus hinter sich. Natürlich hatte der Automat im nächsten Gang keinen Kaffee mehr gehabt und war nicht nachgefüllt worden. So hatte Hallie sich durch wirre Gänge und weitere Gebäude arbeiten müssen, um irgendwo im Personalbereich – sie selbst wusste gar nicht, wie sie dort überhaupt hingekommen war – ein Snackautomatenparadies zu entdecken. Es gab Kaffeeautomaten, Süßigkeitenautomaten, Getränkeautomaten und sogar Automaten mit Sandwiches. Hallie war ihr ganzes Kleingeld los geworden und hatte sich gefühlt, wie ein Kind im Süßwarenladen. Sie hatte Kaffee für ihre Eltern und Red Bull für sich gekauft. Außerdem eine Tafel Hershey-Schokolade, Reeses Pieces, eine kleine Tüte Chips, zwei Sandwiches und eine Tasse heißer Suppe, über die ihre Mutter sich bestimmt freuen würde. Voll bepackt wie ein Lastenesel kam sie in den Wartebereich zurück, wo sie ihre Eltern bei einem großen Mann mit weißem Kittel stehen sah. Das musste Dr. Harris sein. Aufgeregt stellte sie ihre Einkäufe auf einem der Plastikstühle ab und gesellte sich zu der kleinen Gruppe.

„… glatter Bruch. Nichts Dramatisches. Sie braucht etwas Schonung und zwei, drei Tage Bettruhe. Über Nacht würde ich sie gerne hierbehalten, aber es spricht nichts dagegen, wenn sie sie Morgen Vormittag abholen", sagte der Arzt in dem Moment, als Hallie neben ihrem Vater zu stehen kam. Diese Stimme … kam ihr unglaublich bekannt vor. Nur wusste sie im Moment noch nicht genau, wo sie sie schon einmal gehört hatte. Sie sah dem Arzt ins Gesicht und im nächsten Moment fiel es ihr wie Schuppen von den Augen. Dr. Harris war ihr One Night Stand von letzter Nacht. Chris. Dr. Harris war Chris. Ihre Augen trafen sich in jenem Moment, in dem Hallie klar wurde, dass sie sich da in ein ziemliches Desaster hineinmanövriert hatte. Tausend Gedanken brachen über sie herein. Was sollte sie jetzt tun? Sie wünschte, sie wäre von der anderen Seite gekommen und hätte Chris gesehen, bevor er sie entdeckt hatte. Aber jetzt hatte sie ja überhaupt keine Möglichkeit, ihm noch zu entkommen. Es war fürchterlich. In all den Jahren, in denen sie diese Tinder-Sache schon durchzog, war es ihr noch nie passiert, dass sie einem ihrer One Night Stands noch einmal begegnet war. Und schon gar nicht war sie ihm so in die Arme gelaufen, wie Chris eben.

„Amanda, was machst du denn hier?", fragte Chris überrascht. Er konnte die Situation überhaupt nicht einschätzen.

„Hallie, das ist Dr. Harris, er sagt, deiner Schwester geht es gut. Morgen können wir sie heimholen", sagte Meredith überglücklich, die in all der Aufregung gar nicht bemerkt hatte, das zwischen dem Arzt und ihrer Tochter gerade ablief.

„Hallie?" fragte Chris verwirrt.

„Wer ist Amanda?", fragte ihr Vater im selben Moment. Hallie wäre am liebsten in Ohnmacht gefallen. Oder noch besser. Tot auf dem Linoleumboden des Krankenhauses zusammengebrochen. Das hier war die größte Blamage, die sie sich überhaupt vorstellen konnte.

„Hallie?", fragte Chris noch einmal verwirrt.

„Bad Girls don't love – Hallie & Chris" erscheint am 04. Januar 2019 als Taschenbuch und als eBook exklusiv auf Amazon!